AS VITORIOSAS

LAETITIA COLOMBANI

AS VITORIOSAS

Tradução de Carolina Selvatici

Copyright © Éditions Grasset & Fasquelle, 2019

título original
Les victorieuses

revisão
Eduardo Carneiro
Letícia Féres

adaptação de projeto gráfico e diagramação
Ilustrarte Design e Produção Editorial

design e imagens de capa e miolo
Hauptmann & Kompanie Werbeagentur, Zurique

adaptação de capa
Julio Moreira

cip-brasil. catalogação na publicação
sindicato nacional dos editores de livros, rj

C68v

    Colombani, Laetitia, 1976-
        As vitoriosas / Laetitia Colombani ; tradução Carolina Selvatici. - 1. ed. - Rio de Janeiro : Intrínseca, 2022.
224 p. ; 21 cm.

    Tradução de: Les victorieuses
    ISBN 978-65-5560-465-8

    1. Ficção francesa. I. Selvatici, Carolina. II. Título.

22-77208   cdd: 843
                                                      cdu: 82-3(44)

Meri Gleice Rodrigues de Souza - Bibliotecária - CRB-7/6439

[2022]
Todos os direitos desta edição reservados à
Editora Intrínseca Ltda.
Rua Marquês de São Vicente, 99, 6º andar
22451-041 – Gávea
Rio de Janeiro – RJ
Tel./Fax: (21) 3206-7400
www.intrinseca.com.br

À minha mãe,
À minha filha
E a todas as mulheres do Palácio.

"*Enquanto mulheres chorarem, como fazem agora, vou lutar. Enquanto criancinhas tiverem fome, como têm agora, vou lutar (...)*
Enquanto houver uma pobre menina perdida nas ruas, (...)
Vou lutar, vou lutar até o final!"
WILLIAM BOOTH

"*Uma coisa é certa: os mortos assombram os lugares em que viveram como se, por um princípio de infusão, suas lembranças impregnassem o solo.*"
SYLVAIN TESSON, *Une très légère oscillation*

O solo está gelado.
É nisso que penso, enquanto estou deitada aqui, a testa contra a pedra, os braços abertos em cruz.
Hoje, escolhi este lugar como morada eterna.
Pronuncio meus votos perpétuos. Esta é minha escolha.
Entre estas paredes, vou passar minha vida.
Quis desaparecer do mundo, para me encaixar melhor nele.
Estou tanto em seu centro quanto longe dele.

Eu me sinto mais útil aqui do que nos bairros animados que me cercam.
Neste claustro em que o tempo parou de correr.
Fecho os olhos e rezo.

Rezo pelos que precisam,
Pelos que a vida feriu, levou,
Deixou à beira do caminho.
Rezo pelos que têm frio, fome,
Que perderam a esperança, a vontade.

Rezo por aqueles que não têm mais nada.
É um canto que dedico aos homens,
Ínfimo e insignificante,
Um canto de esperança,
Que dedico a eles.

Vocês que passam por este mundo,
Não parem, continuem dançando.
Estou aqui, em meu palácio de silêncio,
E rezo para que, em meio à agitação e ao barulho,
Se, por acaso, você venha a cair,
Que a mão se estenda, doce e poderosa,
A mão amiga,
Que agarre e levante você
E o mande embora sem julgar
Para o grande turbilhão da vida,
Onde você continuará a dançar.

IRMÃ ANÔNIMA,
CONVENTO DAS FILHAS DA SANTA CRUZ
SÉCULO XIX.

Capítulo 1

Paris, hoje

Tudo aconteceu de repente. Solène saía da sala do tribunal com Arthur Saint-Clair. Preparava-se para dizer que não havia entendido a decisão do juiz contra ele nem a severidade que tinha acabado de testemunhar. Mas não teve tempo.

Saint-Clair se lançou na direção da mureta de vidro e pulou por cima dela.

Saltou do passadiço do sexto andar do tribunal.

Por alguns instantes, que pareceram durar uma eternidade, o corpo dele ficou suspenso no vazio. E então desabou, vinte e cinco metros abaixo.

Solène não se lembra do que aconteceu depois. As imagens lhe surgem desordenadas, como em câmera lenta. Ela deve ter gritado, com certeza, antes de desmaiar.

Acordou em um quarto de paredes brancas.

O médico enunciou a seguinte palavra: *burnout*. No início, Solène se perguntou se ele falava dela ou de seu cliente. Levou certo tempo para entender. Então o fio da meada se reconstituiu.

Ela conhecia perfeitamente o caso de Saint-Clair, um homem de negócios investigado por fraude fiscal. Da vida de seu cliente, Solène sabia tudo: os casamentos, os divórcios, as namoradas, a pensão alimentar que ele mandava para as ex-mulheres e os filhos, os presentes que trazia de suas viagens ao exterior. Tinha visitado sua *villa* em Sainte-Maxime, os escritórios gigantescos de sua empresa, o maravilhoso apartamento no sétimo distrito de Paris. Tinha ouvido suas confissões e seus segredos. Solène havia passado meses se preparando para a audiência, não deixara nada ao acaso e sacrificara noites, férias e feriados. Era uma advogada excelente, trabalhadora, perfeccionista e minuciosa. Suas qualidades eram apreciadas por todos no escritório de renome para o qual trabalhava. O risco judicial existe, todos sabem disso. No entanto, Solène não esperava a sentença proferida. O juiz determinara como sentença a prisão do cliente, além de milhões de euros em multas e juros. Uma vida inteira pagando por seu crime. A desonra, a condenação da sociedade.

Saint-Clair não havia suportado.

Ele preferira se atirar no vazio, no gigantesco poço de luz do novo Palácio de Justiça de Paris.

Os arquitetos pensaram em tudo, menos naquilo. Conceberam um imóvel elegante, de design perfeito, um "palácio de vidro e luz". Escolheram fachadas altamente resistentes para prevenir ameaças de atentado, instalaram equipamentos de raios X, controles nas entradas e câmeras de segurança. O local é cheio de pontos de detecção de invasões, portas de acesso eletrônico, interfones e telas de última geração. No entanto, os projetistas simplesmente esqueceram que a justiça é feita por homens e sobre outros homens por vezes desesperados. As salas de audiência foram divididas em seis andares, voltados para um pátio interno de cinco mil metros quadrados. Com um pé-direito de vinte e oito metros, o espaço chega a dar vertigem. Pode dar ideias àqueles que a justiça acaba de condenar.

Na prisão, existem muitas iniciativas para prevenir o risco de suicídios. Mas não ali. Grades simples margeiam os corredores. Bastou a Saint-Clair um passo para ultrapassar a proteção e saltar.

Solène não consegue parar de pensar nisso. A imagem a assombra, ela não consegue esquecê-la. Vê o corpo de seu cliente, desmembrado, sobre as placas de mármore do tribunal. Pensa na família dele, nos filhos, nos amigos, nos funcionários. Foi a última a falar com ele, a se sentar a seu lado. Um sentimento de culpa a domina. Onde ela errou? O que devia ter dito ou feito? Será que poderia ter antecipado o que aconteceu, imaginado o pior? Ela conhecia a personalidade Arthur Saint-Clair, mas seu ato permanece um mistério. Solène não viu nele o desespero, a ruptura, a bomba a ponto de explodir.

O choque provocou uma deflagração em sua vida. Solène também desabou. Passa dias inteiros no quarto de paredes brancas, as cortinas fechadas, sem conseguir se levantar. A luz lhe é insuportável. Qualquer movimento lhe parece sobre-humano. Ela recebe flores do escritório, mensagens de apoio dos colegas que nem consegue ler. Está em pane, como um carro sem gasolina parado na calçada. Em pane, aos quarenta anos.

Burnout. Em inglês, o termo parece mais leve, mais na moda. Soa melhor do que *depressão*. A princípio, Solène não acredita. Não é ela, não, não tem nada a ver com ela. Solène não se parece em nada com aqueles personagens frágeis cujos testemunhos preenchem as páginas das revistas. Sempre foi forte, ativa, em movimento. Tinha bases sólidas — ou, ao menos, era o que pensava.

O estresse profissional é um mal frequente, diz o psiquiatra com uma voz calma e clara. Ele pronuncia termos específicos que Solène ouve sem de fato entender: serotonina, dopamina, noradrenalina e nomes de todo tipo, ansiolíticos, benzodiazepínicos, antidepressivos. Prescreve medicações que devem ser tomadas à noite para dormir e de manhã para acordar. Comprimidos para ajudá-la a sobreviver.

No entanto, tudo havia começado bem. Criada em um bairro rico nos arredores de Paris, Solène foi uma criança inteligente, sensível e dedicada, para a qual todos tinham grandes planos. Cresceu, juntamente com a irmã, num lar cujos pais eram professores de direito. Teve uma trajetória escolar sem intercorrências, foi contratada aos vinte e dois anos por um escritório famoso. Até ali, nada a declarar. Claro, há o acúmulo de trabalho, os fins de semana, as noites, as férias dedicadas aos casos, a falta de sono, as inúmeras audiências, os encontros, as reuniões, a vida como um trem-bala que ninguém pode parar. Claro, há Jérémy, que ela ama mais do que todos. Que ela não consegue esquecer. Ele não queria filhos, não queria compromisso. Tinha explicado isso a ela, e sua escolha lhe convinha. Solène não era daquelas mulheres que sonhavam com a maternidade. Não se projetava na imagem das jovens mães que encontramos nas calçadas, manobrando carrinhos de bebê com braços exaustos. Ela deixava esse prazer para a irmã, que parecia encantada com o papel de dona de casa. Solène gostava demais de sua liberdade — ou ao menos era isso que fingia sentir. Jérémy e ela moravam cada um em sua casa. Eram um casal moderno: apaixonados, mas independentes. Quando a deixou, Jérémy apenas devolveu a chave dele.

Solène não vira a queda chegar. A aterrissagem fora violenta.

Tal e qual a de Saint-Clair no chão de mármore do tribunal.

Depois de algumas semanas de tratamento, ela consegue sair do quarto de paredes brancas para dar uma volta no jardim. Sentado no banco a seu lado, o psiquiatra a parabeniza pelo progresso como alguém elogiaria uma criança. Logo ela poderá voltar para casa, explica, contanto que continue se tratando. Solène recebe a novidade sem alegria. Não quer se ver sozinha em casa, sem objetivo, sem projeto.

Ela mora em um apartamento elegante de três quartos, em um bairro bonito, mas o lugar parece frio, grande demais para ela. No armário, ainda está o pulôver de caxemira que Jérémy esqueceu e ela usa escondido. Ainda estão os pacotes de salgadinhos americanos de sabor artificial que ele adorava e ela ainda compra no supermercado, sem saber por quê. Solène não come salgadinhos. O barulho do saco plástico enquanto assistiam a algum filme sempre a irritava. Mas naquele dia ela daria qualquer coisa para ouvi-lo. O barulho dos salgadinhos de Jérémy, sentado ao seu lado no sofá.

Ela não vai voltar ao escritório. Não é má vontade. A mera ideia de passar pelas portas do Palácio de Justiça a deixa enjoada. Por muito tempo, Solène vai, inclusive, evitar o bairro onde ele fica. Vai pedir demissão, entrar em um período sabático, segundo a expressão consagrada — o termo mais gentil, que subentende a possibilidade de um retorno. Mas a possibilidade de um retorno talvez não exista.

Ela confessa ao psiquiatra que não está segura quanto a deixar a casa de saúde. Não sabe o que é viver sem trabalhar, sem horários, sem reuniões, sem obrigações. Sem amarras, teme ficar à deriva. *Faça algo pelos outros*, sugere ele. *Por que não fazer voluntariado?* Solène não esperava aquilo. A crise pela qual está passando é uma *crise de sentido*, continua ele. *É preciso se afastar de si, se voltar para os outros, encontrar um motivo para acordar de manhã. Ser útil para alguma coisa ou alguém.*

Comprimidos e voluntariado. É só isso que ele tem a oferecer? Se ainda tivesse iniciativa, se ainda tivesse um fio de senso de humor, Solène responderia que ele não precisava ter passado onze anos estudando para dizer aquilo. Ela não tem nada contra trabalho voluntário, mas não sente que tem a alma de uma Madre Teresa. Não sabe a quem poderia ajudar, uma vez que mal consegue sair da cama.

O psiquiatra parece insistir muito nisso. *Tente*, diz ele mais uma vez, assinando o formulário de alta.

Em casa, Solène passa dias dormindo no sofá, folheando revistas — que se arrepende de comprar um segundo depois de pagar. Os telefonemas e as visitas da família e dos amigos não conseguem tirá-la de seu estado melancólico. Não tem vontade de fazer nada, nenhum ânimo para conversar. Tudo a deixa entediada. Ela perambula pela casa, do quarto para a sala. De tempos em tempos, desce até a mercearia da esquina e para na farmácia para comprar mais remédios, antes de voltar para casa e se deitar.

Em uma tarde de folga — como todas passaram a ser —, Solène senta-se diante do computador, um MacBook de última geração, presente dos colegas por seu aniversário de quarenta anos, pouco antes do *burnout* — que não serviu para muita coisa. Voluntariado, dissera o psiquiatra... No fim das contas, por que não? A pesquisa a leva até o site da prefeitura de Paris, onde ela analisa os anúncios postados pelas associações. O nome do domínio a surpreende: *euparticipo.fr*. "Participação ao alcance de um clique!", promete a página. Uma quantidade enorme de perguntas surge na tela: Onde você quer ajudar? Quando? Como? Solène não faz ideia. Um menu se abre mostrando títulos de missões: ateliê de alfabetização para adultos, visita ao domicílio de pessoas com Alzheimer, entregador de doações de alimentos, vigia noturno em abrigos, acompanhamento de famílias endividadas, auxílio escolar em bairros desfavorecidos, moderador de debates sobre questões civis, resgate de animais em situação de risco, ajuda aos exilados, apadrinhamento de desempregados, distribuição de refeições, palestrante em casas de repouso, animador de hospitais, visitas em prisões, responsável por guarda-roupas solidários, tutor de estudantes com deficiência, atendente telefônico do sos Amizade, formador de primeiros-socorros... Até um cargo de *anjo da guarda* é proposto. Solène sorri — não sabe onde seu anjo foi parar. Deve ter voado para longe demais e se perdido no caminho. Ela para de pesquisar, desanimada com a profusão de anúncios. Todas aquelas causas são nobres e merecem ser defendidas. A simples ideia de ter de fazer uma escolha a paralisa.

Tempo, é isso que as associações pedem. Sem dúvida o que há de mais difícil a se doar em uma sociedade em que cada segundo conta. Oferecer seu tempo é se engajar de verdade. Solène tem tempo, mas a energia lhe falta de maneira absurda. Ela não se sente pronta para dar aquele passo. É um compromisso exigente demais, pede investimento demais. Ela ainda prefere doar dinheiro — demanda menos vínculo.

No fundo, se sente covarde por estar desistindo. Vai fechar o MacBook e voltar para o sofá. Dormir, por uma hora, um mês, um ano. Vai se encher de comprimidos para não pensar mais.

E então ela vê. Um pequeno anúncio, na parte inferior da página. Algumas palavras que ela não havia notado.

Capítulo 2

"*Precisa-se de escriba. Entre em contato.*"
Escriba. A palavra provoca em Solène um *frisson* estranho. Com elas, o passado ressurge.

Ser advogada não era sua vocação. Solène tinha, na infância, uma imaginação incrível. Na adolescência, havia revelado especial interesse pela língua francesa. Todos os seus professores diziam que Solène tinha talento para a disciplina. Ela preenchia cadernos com poemas, romances que nunca deixava de inventar. Sonhava em ser escritora. Já se via sentada diante de uma escrivaninha durante o resto da vida, um gato sobre os joelhos, como Colette, *Um quarto só seu*, como Virginia.

Quando revelara o projeto aos pais, ambos haviam se mostrado mais do que reticentes. Professores de direito, tinham certa desconfiança em relação às vocações artísticas, àquele caminho à parte, desconhecido, distante das trilhas já sabidas. Era preciso escolher uma profissão séria, reconhecida pela sociedade, fazer estudos de peso. Era isso que importava.

Uma profissão séria. Ninguém liga se ela não faz você feliz.

Os livros não dão dinheiro, tinha lhe dito o pai. *A menos que a pessoa seja Hemingway, mas isso...* Ao pronunciar essa frase, ele havia deixado o fim em suspenso. Mas Solène entendera o significado das reticências. Ele queria dizer que *dependia*. Dependia do talento dela. Dependia dos outros também. Dependia de muitas coisas que não podiam controlar e que os assustavam.

Ele queria dizer: *Deixe para lá. Não sonhe com isso.*

É melhor cursar direito, dissera ele. *Você sempre pode escrever por prazer.* Então Solène havia engolido a esperança, o gato sobre os joelhos e os romances de Virginia, e entrado nas trincheiras, como um bom soldadinho. Seus pais queriam uma filha advogada, e ela se conformaria à vontade deles. Ela realizaria o projeto deles e enterraria o seu.

O direito está ligado a tudo, tinha acrescentado a mãe. Ela havia mentido. O direito não está ligado a nada além de si mesmo. O direito a levara até ali, até aquele quarto de paredes brancas em que Solène tentava esquecer os anos dedicados a ele. Quando a visitaram na casa de saúde, os pais confessaram não entender seu estado. *Você tem tudo a seu favor*, haviam dito, *um emprego em um escritório famoso, um bom apartamento...* Uma vida de testemunha, pensa

Solène amarga, como uma casa vazia que mostramos em uma visita. Um belo currículo em um pedaço de papel, e depois? A foto é bonita, mas falta o essencial. A frase de Marilyn Monroe que a havia marcado veio à tona: "Ter uma carreira é maravilhoso, mas ela não aquece nossos pés à noite." Os pés de Solène estão gelados. O coração também está.

Esquecer os sonhos de criança é fácil, basta não pensar mais neles. Cobri-los com um véu como cobrimos com um lençol os móveis de uma casa que vamos deixar. Quando começara a trabalhar no escritório, Solène seguira escrevendo, aproveitara todo o tempo livre que seu cargo de assistente permitia. Mas os textos foram ficando cada vez mais raros, engolidos pela rotina sobrecarregada. As palavras não encontravam mais espaço. O exercício da advocacia é exigente. E Solène também. O trabalho começara a mordiscar seus dias de folga, suas férias, seus fins de semana, suas noites. Como um monstro impávido que ela não conseguia satisfazer, ele devorara seus encontros com amigos, suas atividades. Seus amores também. Histórias Solène tinha algumas, mas seus amantes acabavam jogando a toalha quando percebiam não ter forças para lutar contra a profissão dela. As noites passadas no trabalho, os jantares perdidos por causa de emergências no escritório, as férias canceladas de última hora, tudo triunfara sobre seus relacionamentos. Solène continuara sua marcha forçada. Não tinha tempo para sofrer, não tinha tempo para chorar.

Até Jérémy.

Um advogado sedutor, educado, espirituoso, que conhecera durante a eleição do diretor da Ordem dos Advogados de Paris. Os dois exerciam a mesma profissão, o que tranquilizava Solène. Jérémy a entendia, tinha as mesmas prioridades, pensava ela. Mas uma amiga a havia prevenido: "Dois advogados em um casal é demais." Ela não havia errado. Jérémy a deixara por uma mulher menos brilhante, porém mais disponível, que conhecera em um jantar ao qual Solène não pudera comparecer por estar presa trabalhando em um caso.

"Precisa-se de escriba. Entre em contato." Solène ficou muito tempo imóvel diante do título do anúncio. Um link redirecionava para o site de uma associação, "La Plume Solidaire" — a pena solidária —, e lá havia uma descrição detalhada da função de escriba: *profissional da comunicação escrita, ele ou ela atende às demandas de suporte à redação. Essas demandas podem ter diversas naturezas, envolver tanto cartas pessoais quanto mensagens administrativas. As competências exigidas são as seguintes: ser multitarefas, dominar as regras da sintaxe, da ortografia e da gramática, ter fluência de redação, um bom conhecimento das instâncias administrativas, saber usar a internet e softwares de edição de texto. Formação em direito e economia recomendada.*

Solène tem todas as competências exigidas. O anúncio é perfeito para ela. Na universidade, os professores elogiavam a fluidez de seu estilo, a riqueza de seu vocabulário. No escritório, era comum que os colegas viessem até ela pedir conselhos para redigir suas conclusões.

Colocar suas palavras à disposição de quem precisa, a ideia é agradável. Ela saberia fazer isso. Saberia, sim.

Um último item explica que é preciso ter *uma boa capacidade de escuta.* Com seus clientes, Solène havia aprendido a se manter quieta, a deixar que confessassem. Um bom advogado é também um psicólogo, um confidente. Ela havia recolhido um belo lote de confissões, segredos até ali nunca mencionados. Tinha secado muitas lágrimas. Solène tem esse talento. É daquelas pessoas com quem os outros conseguem se abrir.

Você tem de se afastar de si, dissera o psiquiatra, *ser útil para alguma coisa ou alguém.* Sem pensar muito, Solène clica na aba "Contato". Escreve uma mensagem e envia. Fazer isso parecia melhor do que morrer aos poucos no sofá. Além do mais, "La Plume Solidaire" é um belo nome, pensa. Não custa tentar.

Na manhã do dia seguinte, ela recebe uma ligação do responsável da associação. Ele se chama Léonard. Pelo telefone, sua voz soa clara, jovial. Ele propõe uma entrevista naquele mesmo dia, em seu escritório, no décimo segundo distrito. Pega de surpresa, Solène aceita e anota o endereço em um papel.

Precisa fazer um esforço para conseguir se vestir. Nos últimos tempos, vinha andando de um lado para outro em roupas de academia, descendo até o supermercado de *legging* e o velho pulôver de Jérémy. Sair de casa lhe custa muito. Solène está a dois segundos de desistir. Não está com vontade de pegar o metrô até aquele bairro distante. Não tem certeza se vai conseguir responder a perguntas, entabular uma conversa.

Mas a voz ao telefone pareceu simpática. Então Solène se obriga. Toma seus comprimidos e vai até o endereço indicado, munida de seu *curriculum vitae*. O lugar não é muito acolhedor. Um imóvel antiquado no fundo de um beco. A porta de entrada resiste a ela — o interfone está quebrado, explica um morador que a encontra ao sair, o elevador também. Solène sobe pela escada os cinco andares que levam à sede de "La Plume Solidaire". Um homem na casa dos quarenta anos a recebe de braços abertos. Parece feliz em conhecê-la e a faz entrar no que chama, com orgulho, de "sede da associação", um escritório minúsculo tomado por uma bagunça inadmissível. Solène pensa em seu apartamento, em sua arrumação impecável. Como alguém pode trabalhar em um canteiro de obras como aquele? Léonard tira um montinho de cartas de uma cadeira e pede que ela tome o lugar. Oferece uma xícara de café, que Solène aceita sem saber por quê — ela nunca bebe café, prefere chá. O líquido está amargo, quase frio. Por educação, ela se força a engolir, prometendo a si mesma que vai recusar da próxima vez.

Léonard coloca os óculos e analisa seu *curriculum vitae* com um ar impressionado. Confessa que costuma receber mais aposentados sem nada para fazer do que advogados de grandes escritórios. Solène não fala muito sobre os motivos que a levaram até ali. Não menciona a depressão, o *burnout* nem a morte de Arthur Saint-Clair, que viraram sua vida de cabeça para baixo. Fala de uma reconversão. Jamais vai se confessar, ter algum tipo de intimidade com aquele desconhecido. Não foi até ali para isso. Enquanto Léonard termina de ler o documento, Solène observa os desenhos infantis presos na parede atrás dele. Um deles foi decorado com um "*eu ti amo*" em letra desajeitada. Um dinossauro de argila *feito à mão* domina o meio da mesa, fazendo as vezes de peso de papel. *É um Deltadromeus*, explica Léonard. *Parece um Tiranossauro rex, mas as patas são mais finas. As pessoas costumam confundir as espécies.* Solène assente. Então isso é ter uma vida — conhecer nomes complicados de dinossauros e colecionar expressões de amor mal escritas.

Léonard devolve o currículo dela, parabenizando-a por seu percurso e seus diplomas. O perfil dela é perfeito! Uma bênção para a associação! Quando ela pode começar? Surpresa com a empolgação dele, Solène faz uma pausa. É a entrevista mais rápida pela qual já passou. Ela se lembra das longas etapas realizadas durante o recrutamento em seu escritório, quando se candidatara ao cargo de assistente. Um processo extenso, cansativo. Ela não esperava o mesmo nível de exigência ali, é claro, mas achava que alguém ao menos fosse perguntar sobre suas experiências. *Faltam voluntários*, confessa Léonard. *Dois dos nossos aposentados faleceram recentemente.* Admitindo que aquele detalhe não era muito atraente, ele começa a rir, explica que nem todos os membros da associação obrigatoriamente morrem — alguns sobrevivem, às vezes. Solène sorri, sem querer. Léonard é exagerado, mas não uma pessoa desagradável. Tem uma energia comunicativa. Ele acrescenta que a associação costuma oferecer uma formação de dois dias para os candidatos, mas que, no caso dela, aquilo parece desnecessário. Solène é qualificada até demais. Deve se adaptar sem dificuldade. Vai saber redigir cartas oficiais, preencher formulários, aconselhar, guiar e acompanhar as pessoas que a procurarem.
    Mergulhando na montanha de papéis espalhados sobre sua mesa, Léonard saca uma folha. Ao perceber o olhar

impressionado de Solène, ele se defende — parece uma bagunça, mas ele sabe exatamente onde cada documento está. Então diz ter uma missão difícil para ela em um abrigo para mulheres. Solène terá de ficar na instituição durante uma hora por semana para ajudar as residentes em seu trabalho de redação.

Solène faz uma pausa. Um abrigo para mulheres? A ideia não a agrada muito. Achou que seria enviada para uma prefeitura ou para o setor administrativo de alguma instituição. Quem diz abrigo diz miséria, precariedade — ela não está preparada para isso. Uma prefeitura, isso, sim, seria perfeito... Léonard balança a cabeça, ele não tem nada naquele estilo. Desaparecendo de novo sob as montanhas de papel, ele tira duas outras descrições de missões. Uma casa de detenção nos arredores da cidade... e uma unidade de cuidados paliativos, para doentes terminais. Solène fica arrasada. Ela frequentava prisões como advogada, então, não, obrigada, já está cansada delas. Quanto aos cuidados paliativos... Talvez não seja a melhor opção para alguém que quer sair de uma depressão. De repente, é tomada por uma vontade imensa de fugir. Pergunta a si mesma o que está fazendo ali. Que peregrinação a levou àquele escritório obscuro naquele bairro perdido? O que foi procurar ali?

Léonard espera, ansioso pela resposta dela, os olhos tão cheios de esperança que quase a emocionam. Ele não diz nada, não insiste. Apenas espera, como um réu durante um julgamento. Solène não tem coragem de dizer não. Ela encontrou forças para ir até lá, subir os cinco andares e tomar o pior café de sua vida. No mês anterior, não conseguia nem sair da cama. Precisa continuar se esforçando, seguir em frente.

Combinado. Vou até o abrigo.

O rosto de Léonard se ilumina, como se alguém tivesse acabado de acender a luz atrás de seus óculos grossos. Parece animado como uma criança recebendo um presente inesperado. Ele vai avisar a diretora do abrigo! É ela quem vai receber Solène. Ele sente muito por não poder acompanhá-la na primeira sessão — está trabalhando como voluntário em três bairros carentes, não consegue se liberar. Mas tem certeza de que vai dar tudo certo! Mas que Solène não hesite em ligar para ele caso precise... Ele anota um número de celular em um pedaço de papel — não tem nenhum cartão, tem de se lembrar de mandar fazer. Dito isso, Léonard se levanta, acompanha Solène à porta, deseja boa sorte e a abandona no alto da escada.

Solène não tem tempo de protestar. Ela volta para casa, confusa, com a impressão desagradável de ter sido obrigada a fazer algo. Deixou-se levar longe demais. *Escriba*, a expressão é bonita. A realidade com certeza será mais feia. As palavras eram uma armadilha. Ela nem desconfiou.

Ela toma os inúmeros comprimidos receitados pelo psiquiatra e se deita.

Afinal, diz a si mesma antes de adormecer, não é tarde demais para desistir.

Capítulo 3

Paris, 1925

Esta noite, não.
Está frio demais.
Por favor, não vá.

Pela janela da sala, Albin observava os flocos de neve caírem rijos sobre a capital. Naquele início de novembro, a temperatura era glacial. Um vento norte soprava pelas vielas, arrancando das árvores suas últimas folhas. Paris se amortalhava.

Blanche, está me ouvindo?
Você não está bem.

Blanche não estava ouvindo. Ela abotoava a saia e vestia a jaqueta de jérsei azul-marinho sem prestar atenção nos protestos de Albin. Ele estava preocupado. A saúde de sua mulher era frágil. Blanche voltara a tossir. O problema nos pulmões estava se agravando. Ela não dormira à noite, a tosse a dominara por horas, deixando-a exausta ao amanhecer. Ele suplicou para que ela fosse ao médico.

Para quê?, sussurrou ela. O dr. Hervier prescreveria repouso e descanso ao ar livre, grande coisa! Blanche não pretendia se exilar em um daqueles lugares para doentes e aposentados. Albin se lembrou da casa que tinham em Cevenas, em Saint-Georges. Poderiam passar um tempo por lá, longe do ritmo agitado de Paris, levar uma vida tranquila. Aquilo, sim, seria bom para a saúde dela. Aquilo, sim, seria *razoável*, teve a infelicidade de acrescentar.

Razoável Blanche não era. Nunca tinha sido. *Não estou bem, e daí?*, respondeu ela. *Quando morrer eu descanso*. Enfim a frase sacrossanta tinha sido dita! Albin se irritou. Ele já ouvira aquilo muitas vezes. Assim como muitas promessas de se tratar. Sua mulher era obstinada. Uma guerreira, uma amazona. Ele disse a si mesmo que ela morreria daquele jeito, de espada na mão, durante um combate. Sem nunca ter um descanso, uma trégua.

Derrotado, a viu sair. Sabia que nenhum argumento ia segurá-la ali. Blanche nunca deixara de fazer nada por motivo de saúde. Não era aos cinquenta e oito anos que começaria. Os três S em seu pescoço eram mais do que uma joia. Eram uma missão, uma vocação, sua razão de existir.

Sopa. Sabão. Salvação. Três palavras que resumiam o compromisso da vida de Blanche: ajudar os desfavorecidos. Aquele era o credo da organização que ela servia fielmente havia quase quarenta anos.

Blanche nasceu em Lyon em 1867, de pai francês e mãe escocesa. Cresceu em Genebra. O pai, pastor, morreu quando ela era menina, com apenas onze anos. A mãe acabou tendo de criar os cinco filhos sozinha. Blanche, a caçula, desde cedo revelou um temperamento forte. Demonstrando profunda empatia pelo sofrimento dos outros, ela se rebelava contra todas as formas de injustiça. Na escola para meninas, lutava contra as maiores para proteger as menores. Recebia muitos castigos. Não era raro que a mãe a encontrasse com os joelhos cobertos de hematomas e a blusa rasgada, suja. Repreendia a menina, mas em vão, porque Blanche fazia tudo de novo no dia seguinte. A mãe não sabia que aquela sensibilidade exacerbada era um dom, um talento que levaria a filha aos maiores projetos, às mais nobres missões.

Quando adolescente, Blanche adorava se divertir. Andava a cavalo, patinava, remava, saía para dançar... Fazia todo tipo de algazarra com a amiga Loulou. Tinha muita *graça e vivacidade*, dizia a família a seu respeito. Apelidada de "pequena *socialite*", era uma moça que parecia querer aproveitar tudo que a sociedade de Genebra podia oferecer em termos de diversão.

Aos dezessete anos, foi mandada para a Escócia, para a família da mãe, a qual achava que *uma mudança de ares* seria boa para ela. Em um salão, conheceu a mulher apelidada de "Marechal": Catherine, filha mais velha do pastor inglês William Booth. Blanche tinha ouvido aquela mulher falar do homem que muitos chamavam de *iluminado*. Ele sonhava em mudar o mundo, em acabar com as desigualdades. E como *certas lutas mereciam um exército*, ele havia acabado de criar uma organização inspirada no modelo militar. Escola, bandeira, uniforme, hierarquia, nada faltava à panóplia. Seu movimento tinha por propósito lutar contra a miséria em todos os lugares, sem distinguir nacionalidade, raça nem religião. Começando pela Inglaterra, seu Exército de Salvação acabou conquistando o mundo.

Naquele salão em Glasgow, a "Marechal" atacou o público: *E você? O que vai fazer da sua vida?*, desafiou. Blanche ficou imóvel. As palavras ecoaram nela como uma voz clara em uma catedral. Como um susto. Um chamado. Uma repetição da frase de um texto que ouvira muito tempo antes na igreja e a havia intrigado: *"Deixe tudo e você encontrará tudo."*
Doar tudo. Deixar tudo. Será que Blanche seria capaz disso? Ela, "a pequena *socialite*", que gostava tanto de se divertir? Uma vocação imprevista foi colocada sobre seus ombros, e a vontade a surpreendeu. Seria aquela a sua missão? Seria aquele o sentido de sua vida?

"Então, amontoarás ouro como pó
e o ouro de Ofir, como pedras dos ribeiros."

A leitura do livro de Jó lhe indicou o caminho a seguir... Blanche vendeu suas joias e doou tudo que arrecadou ao Exército. Em vez de ficar triste, sentiu-se incrivelmente leve. E aquele gesto marcou o início de sua devoção. Blanche havia encontrado seu caminho. As palavras de Jó passaram a ser sua lanterna, uma que a guiaria por toda a vida — e além.

Ao voltar para casa, Blanche anunciou sua decisão de se alistar no Exército. Ela ingressaria na Escola Militar de Paris!

A mãe a alertou: ela conhecia as condições de vida dos soldados do Exército — o irmão mais velho de Blanche tinha acabado de se alistar. Ela achava que a filha mais nova não aguentaria aquela vida arriscada, irregular, longe da proteção na qual havia crescido. Blanche tinha a saúde ruim, os pulmões eram frágeis. Desde a infância, tivera de se submeter a vários tratamentos. O próprio irmão tentou dissuadi-la daquela ideia, mas em vão. Blanche não queria nada além daquilo, daquela dedicação, daquele desafio que se sentia disposta a enfrentar.

Não conseguia se ver levando uma vida comum, limitada pelas paredes de uma casa. Sonhava com horizontes mais amplos. No Exército, Blanche encontrou mais do que uma vocação: ela encontrou um meio de escapar do caminho que lhe fora destinado. O fim do século XIX oferecia poucas perspectivas para moças nascidas na burguesia. Educadas em conventos, casavam-se com homens que não tinham escolhido. "Somos criadas como santas e depois vendidas como éguas", escrevera George Sand, que recusava em altos brados o hímen que lhe queriam impor. Era muito malvisto que uma mulher trabalhasse. Apenas viúvas e solteironas deviam ser reduzidas àquele gesto extremo. Poucos empregos estavam disponíveis para elas fora das cozinhas, da confecção, do setor de espetáculos e da prostituição.

Já na criação do Exército de Salvação, William Booth instituíra a igualdade absoluta entre os gêneros em suas tropas. Aliás, o feminino era maioria: sete em cada dez oficiais eram mulheres. Booth dera a elas liberdade para pregar, o que gerou protestos de outras instituições religiosas. Ainda assim, ele não hesitava em afirmar nas assembleias: *"Meus melhores homens são mulheres!"* Aquela mistura chocava, escandalizava. Em Londres, muitos ridicularizavam as oficiais salvacionistas em seu uniforme, sempre de chapéu Aleluia, o capelo de abas largas que usavam fosse verão, fosse inverno. Pelas ruas de Paris, as oficiais ouviam assobios, miados e zurros de burro que as impediam de tomar a palavra em público. Muitos juravam que sapos sairiam de sua boca. Elas eram tratadas como homens de saia. A população ria do "Exército da Confusão" e de suas mulheres soldados. Blanche não estava nem aí para esses apelidos. Era tão capaz de pregar quanto um homem. E ia provar aquilo.

Entre os conhecidos de Blanche, sua decisão de se alistar suscitou desconfiança. A melhor amiga, Loulou, lhe escreveu para tentar dissuadi-la: *"Sempre vou acreditar que não é papel da mulher andar pelas ruas de Paris, que uma mulher que prega é uma coisa tão pouco natural quanto um homem que conserta as próprias meias e que a única e verdadeira missão das mulheres, a mais nobre, é se dedicar totalmente a seu interior e a sua família, onde, passando sempre despercebida, ela proporciona alegria ao marido e se ocupa exclusivamente dos filhos."* Mas não adiantou. Blanche não tinha intenção alguma de passar a vida costurando meias. Ela não queria o papel de figurante que insistiam em lhe designar. Sonhava em subir ao palco, em se tornar útil. Em *fazer alguma coisa pela França*, dizia. Os protestos de todos foram em vão. Blanche deixou definitivamente Genebra para ingressar na Escola Militar de Paris.

* * *

No alojamento da avenida de Laumière, onde ficavam hospedadas todas as novas recrutas do Exército de Salvação, Blanche descobriu uma vida dura. Seja qual fosse a patente, os soldados conheciam o cansaço das muitas vigílias, o frio, os jejuns prolongados. Todos viviam em grande pobreza. Não era raro que Blanche cozinhasse urtigas para o jantar. Na Inglaterra e na Suíça, o movimento salvacionista conseguira se estabelecer, mas a França resistia. De tradição católica, o país via com maus olhos aquele exército de protestantes que queria agir na região. Em todo o território, seus oficiais eram perseguidos. Eram recebidos a pedradas, socos e chutes. Eram espancados, apedrejados, queimados. À noite, quando voltava para a avenida de Laumière, Blanche encontrava, colados no chapéu e no vestido, ovos podres, lixo e pedaços de ratos mortos que lhe atiravam. Um jovem soldado chegou a ser linchado até a morte. Mas, embora aquelas dificuldades a abalassem, Blanche não desanimava. *É em tempos de perigo que medimos a autenticidade de nossa devoção*, pensava. E a dela era pura, completa. Não se deixava levar pela dúvida, pela fome ou pelo frio. Sentia que sua vida estava ali, naquela luta, na mão que queria estender àqueles que não tinham nada.

A missão do Exército de Salvação reunia todos os seus instintos: a empatia pelo sofrimento alheio, a tendência à devoção, o culto ao heroísmo, o gosto pela aventura. O uniforme caía bem em Blanche, parecia feito sob medida. Por muito tempo, a mãe esperou pela volta da "pequena socialite". Achava que a determinação da filha vacilaria diante de tantas dificuldades, mas enganou-se. No Exército, o talento de Blanche encontrou um lugar para se concretizar.

Prometida a um jovem capitão, ela rompeu o noivado: não queria correntes nem elos que pudessem limitar seus movimentos. Sua missão não aceitaria uma união. Jurou ficar sozinha, como sua amiga Evangeline, a caçula da família Booth, a quem ela acabara de reencontrar entre os soldados do Exército. A amizade das duas duraria por toda a vida. Juntas, juraram se manter solteiras para servir melhor na organização a que se dedicavam. Como duas freiras em uniforme de guerra. Dois soldados.

No entanto, um encontro influenciou a decisão de Blanche.
Chamava-se Albin.
Tinha dezenove anos e um sorriso capaz de quebrar os juramentos mais absolutos.

Capítulo 4

Paris, hoje

Basta um telefonema para cancelar tudo. Solène vai ligar para Léonard e desistir. Vai dizer que se enganou, que vai voltar a trabalhar em tempo integral no escritório. Ela sabe mentir — praticou muito ao longo dos anos de profissão. No entanto, hesita. Esse movimento não significava se manter na zona de conforto? Não estaria cedendo ao caminho mais fácil? Solène contempla o apartamento arrumado e limpo em que vem definhando. Será que precisa ser sacudida, levada para longe dos caminhos que conhecia? Solène sempre seguira o destino traçado para ela. Não teria chegado a hora de, finalmente, se afastar dele?

Um abrigo para mulheres. Ela nunca havia colocado os pés naquele tipo de lugar. Quem sabe o que a esperava por lá? Jovens infratores, sem-teto, excluídas, vítimas de violência doméstica, prostitutas... Solène teme não ter forças para enfrentar isso. Ela crescera longe da miséria, em um ambiente protegido. No escritório, seus clientes eram magnatas das finanças. Bandidos, é claro, mas vestidos em ternos Cifonelli. Sempre fora protegida da tristeza verdadeira, algo que via apenas nas páginas dos jornais, nas reportagens de TV. Ela observa o lugar de longe, do lado certo da cerca. Como todo mundo, conhece a palavra "precariedade", onipresente na mídia, mas nunca teve contato com ela na realidade. Sua experiência com a pobreza se encerra na jovem sem-teto que fica plantada na frente da padaria e estende a mão para pedir algumas moedas ou um pedaço de pão. Faça chuva, caia neve ou vente, ela está lá, com um copo postado em sua frente. Solène a vê toda manhã. Nunca pensou em parar. Não é desprezo nem indiferença, mas uma espécie de hábito. A pobreza faz parte da paisagem, sempre foi assim. Trata-se de uma coisa aceita, integrada, como uma constante invariável da paisagem urbana. Se receber uma moeda ou não, a sem-teto estará ali no dia seguinte, então para que doar dinheiro? Responsabilidades individuais se diluem em meio às da comunidade. O fato é cientificamente comprovado: quanto maior o número de testemunhas de uma agressão, menor é o número de pessoas que reagem. O mesmo acontece com a pobreza. Solène não é uma pessoa sem coração. Ela é como os milhões de homens e mulheres que caminham apressados pela capital, sem olhar para o lado. Cada um por si e Deus por todos — se é que existe um Deus.

Apesar dos remédios, Solène passa uma noite agitada. A diretora do abrigo marcou um encontro com ela no dia seguinte. Depois de analisar todas as desculpas que podia inventar para desistir, Solène toma uma decisão: ela vai até o abrigo. Pelo menos poderá dizer que tentou. Se o lugar for triste demais, deprimente demais, vai ligar para Léonard e recusar a missão. Afinal, está convalescendo. O trabalho voluntário tem de ser uma terapia, não uma punição.

Ela chega adiantada à reunião, como costuma fazer. É um hábito antigo, adquirido no escritório. *A pontualidade é a educação dos reis*, aprendera. Aluna aplicada que era, Solène sempre respeitou o ditado. O problema é que já está cansada de ser a menininha comportada e perfeita. Adoraria fugir dali, não entrar no abrigo, não pedir desculpas, demonstrar ser grosseira e mal-educada uma vez na vida. E achar graça.

Mas não faz nada daquilo, é claro. Vai até um café próximo e pede um chá — não conseguiu comer nada naquela manhã, a garganta estava travada demais. Solène contempla a decoração ao redor e nota que é um dos lugares que se tornaram tristemente famosos pelos atentados do 13 de Novembro de 2015, o La Belle Équipe. O local fora arrasado pelos ataques terroristas. Vinte vítimas, sentadas como ela, tomando vinho ou chá. Solène estremece ao imaginar aquilo. Pensa no dono do café, nos clientes, nos frequentadores habituais. Como fazem para se levantar de manhã? Como conseguem sobreviver? Ela observa as pessoas no terraço, seu rosto, suas expressões. Estranhamente, sente-se próxima deles. Será que são pessoas como ela, frágeis e indecisas? Será que recuperaram o gosto pela vida, a tranquilidade, a desenvoltura? Ou tudo isso desapareceu para sempre? Solène pensa no futuro. Como será? Haverá só uma possibilidade? Tudo lhe parece fluido naquele instante, fora de alcance. Algumas horas de trabalho voluntário e depois? A questão lhe causa tontura. Ela tem economias para se manter por alguns meses, talvez até alguns anos. Pelo menos isso. Não consegue pensar além.

Está na hora de ir. Solène põe o dinheiro no balcão, atravessa o cruzamento e para diante de um prédio gigantesco. O abrigo é muito maior do que ela imaginava — esperava uma construção nos fundos de um pátio meio detonado. Mas, com cinco andares, o prédio domina o quarteirão. Um grande frontão em forma de arco encima a entrada. O conjunto é majestoso, imponente. Diante da fachada, há duas placas de bronze afixadas. Solène se aproxima, intrigada. O edifício é do início do século XX. Incluído na lista de monumentos de Paris, tem o nome de Palais de la Femme, palácio das mulheres. Nome estranho. A palavra sugere algo de suntuoso, a residência de uma rainha. Não um abrigo para mulheres.

Solène sobe os degraus de acesso. Uma porta é reservada às residentes. Outra é dotada de uma campainha, sobre a qual se lê CONVIDADOS. Solène aperta o botão e entra no Palais.

Na recepção, há uma jovem atrás de um grande balcão de fórmica. Ela pede que Solène aguarde sentada enquanto vai avisar a diretora. Apesar do barulho, uma mulher cercada de sacolas parece dormir profundamente em uma das poltronas, como se o mundo que a cerca não existisse. Como quem acabou de terminar uma viagem que durou mil anos, pensa Solène. A nova escriba não tem coragem de se aproximar, por medo de acordá-la. Prefere ficar de pé. Sente-se melhor assim.

A chegada da diretora tira Solène de seu devaneio. Ela imaginava uma mulher de certa idade — mas a diretora tem cerca de quarenta anos, como ela, cabelos curtos, um aperto de mão honesto. Convida Solène a entrar em um grande corredor que faz as vezes de saguão. O lugar é claro, decorado com plantas, poltronas de vime e um piano de cauda. Uma claraboia zenital permite a entrada da luz. O espaço é acolhedor, caloroso. É o centro nevrálgico do Palais, comenta a diretora. As residentes costumam se encontrar ali para conversar. Algumas atividades também se realizam naquele ponto, e ela aconselha Solène a se instalar ali quando for trabalhar. Diz que ficará mais acessível naquele lugar do que dentro de uma sala. A diretora se oferece para lhe mostrar os espaços comuns — as áreas privativas e os quartos são restritos, explica ela. Enquanto a arrasta na direção do ginásio, as duas são interrompidas por uma jovem vestida com um pulôver fluorescente e uma calça jeans clara. Ela aborda a diretora com um ar exasperado. *Assim não dá mais! As tias ficaram fazendo barulho até a meia-noite de novo!* A jovem parece cansada, tem um ar agressivo, irritado. A diretora responde que não pode conversar naquele momento, que vai procurá-la mais tarde. Elas já falaram sobre aquilo, Cynthia conhece o regulamento. A moça grunhe algumas palavras irritadas antes de se afastar. A diretora pede desculpas a Solène pela interrupção. *Algumas residentes não vêm tendo uma boa estadia*, explica. É preciso saber lidar com todas as personalidades, acalmar as brigas. As diferenças culturais e a promiscuidade criam problemas. As mulheres que moram ali têm vidas singulares. Chegaram ao fundo do poço. Muitas não têm contato com amigos, família. É preciso ajudá-las a se reerguerem, a retomar o convívio com a sociedade. Viver em comunidade é uma ideia bonita, mas, na prática, as coisas às vezes são complicadas.

Elas chegam ao ginásio, vazio àquela hora. É espaçoso, recém-pintado e decorado com espelhos, como uma sala de dança. Aparelhos de ginástica modernos foram instalados em um canto. Faz muito tempo que Solène não põe os pés naquele tipo de lugar. Ela costumava se exercitar e tinha até se inscrito na academia Club Med do bairro, mas logo a abandonara — o escritório havia engolido as horas que tinha dedicado ao exercício. A diretora então conduz Solène à biblioteca, um cômodo enorme em que algumas estantes de livros se encaram. *Temos dificuldade de fazer nossas residentes lerem*, confessa. Algumas leem um pouco, e outras, nada. A barreira do idioma é uma das causas — algumas não falam muito bem francês. O abrigo oferece aulas duas vezes por semana.

Depois, as duas atravessam uma sala de música com dois pianos, salas de reunião e um antigo salão de chá, até chegar a um salão de dimensões espetaculares. *O espaço comporta até novecentas pessoas*, afirma a diretora, e por muito tempo fora usado como restaurante popular. O bairro todo ia comer ali. Atualmente é reservada para grandes ocasiões, como o jantar de Natal que oferecem todo ano. No restante do tempo, alugam o salão para eventos. Algumas marcas de roupas organizam feiras ali. Alguns desfiles da Semana da Moda também acontecem no local. Solène confessa sua surpresa. Receber grandes costureiros em um lugar em que as mulheres mal têm como se vestir não é um pouco de mau gosto? A diretora sorri. *Entendo a sua reação*, responde ela, *mas algumas marcas aceitam ceder o que não vendem a preços muito baixos. E as residentes ficam felizes em poder assistir aos desfiles. É uma chance de abrir as portas do abrigo. A verdadeira diversidade não é apenas misturar culturas e tradições, o que se dá naturalmente aqui. A ideia é fazer a vida de fora entrar no Palais.*

A organização do abrigo é complexa, continua ela. Muitas entidades coabitam no prédio. Há a Residência e suas trezentas e cinquenta quitinetes com banheiros completos e lavabos. Algumas têm cozinha própria, e outras, cozinhas compartilhadas. As quitinetes são ocupadas por mulheres solteiras que recebem seguro-desemprego ou outra renda de assistência social. Todas pagam um aluguel muito baixo. Ao lado da Residência, o Centro de Acolhimento e Estabilização cuida dos casos mais urgentes. O acolhimento ali não exige nada e engloba pessoas "em situação administrativa complexa", ou seja, *sem documentos*. Basicamente, mulheres com filhos. Cerca de quarenta quartos são reservados para o Centro de Acolhimento de Imigrantes. A origem das mulheres que chegam ali depende do contexto político — no momento, há muitas pessoas vindas da África subsaariana, da Eritreia e do Sudão. Por fim, uma pequena pensão com cerca de vinte apartamentos foi criada recentemente para casais e famílias.

Ao todo, mais de quatrocentas pessoas moram ali, sem contar os cinquenta e sete funcionários, que incluem assistentes sociais, pedagogos, zeladores e faxineiros, funcionários administrativos, contadores e técnicos. Solène fica impressionada. O lugar é uma Torre de Babel. Todas as religiões, todas as línguas e todas as tradições se misturam ali. *A coabitação nem sempre é fácil*, explica a diretora. Quatrocentas mulheres fazem muito barulho. Elas falam, riem, cantam, gritam... Às vezes brigam também. Se xingam e depois fazem as pazes. É comum que vizinhos apareçam para reclamar. Os proprietários do prédio ao lado deixam reclamações na recepção constantemente. A diretora tenta acalmar os ânimos como pode. Alguns vizinhos se acostumam. Outros preferem se mudar.

Não é um paraíso, conclui ela, acompanhando Solène até a porta, mas as mulheres têm um teto. No Palais, elas estão seguras. Em média, ficam cerca de três anos, mas algumas moram lá há muito mais tempo. A mais antiga chegou há vinte e cinco. Diz que não está pronta para ir embora. Entre aquelas paredes, se sente protegida.

Solène deixa o abrigo sentindo-se mais calma. O lugar é mais agradável do que tinha imaginado. É cheio de luz e vida. Talvez não seja tão horrível, no fim das contas, fazer uma hora de trabalho voluntário por semana. Vai redigir algumas cartas e pronto. Poderá dizer ao psiquiatra: "Eu consegui." O exercício vai lhe custar menos do que ela havia pensado.

Ela volta para o apartamento mais leve. Naquela noite, dorme sem precisar de remédios.

Mas, na verdade, não tem ideia do que a espera.

Capítulo 5

Chegou a hora. É o primeiro dia de Solène como escriba no Palais. O horário do serviço foi escolhido junto com a diretora. Ela sugeriu quinta-feira, no fim do dia. À tarde, as moradoras têm aula de zumba. Nas demais noites da semana são oferecidas várias atividades: oficinas de pintura, de ginástica, de francês, de canto, de ioga, de informática e de inglês. Quinta-feira é um bom dia, afirmou ela.
Na mesma hora — reflexo de advogada —, Solène se ouviu dizer que precisava consultar sua agenda. Depois, voltou atrás. Quinta-feira estava ótimo. Ela tentava não confessar que não tinha mais nada para fazer nos últimos tempos, que suas semanas corriam no mais absoluto ócio. Para ser convincente, em geral é preciso parecer ocupado.

Ela acordou cedo naquela manhã, nervosa com a perspectiva de oferecer o serviço pela primeira vez. Léonard não a havia preparado de verdade. *Vai ficar tudo bem!*, limitara-se a dizer com seu entusiasmo característico. Ela o odeia pelo otimismo inabalável. Não tivera coragem de confessar que não sabia se conseguiria. Mas a visita a tranquilizara em um aspecto: o lugar não tinha nada do abrigo decadente que ela esperou encontrar. Na verdade, é o contato com as residentes que a preocupa. A diretora a avisara que, no início, era possível que demonstrassem desconfiança. Pintara um retrato muito claro das moradoras do Palais, não para assustá-la, mas para prepará-la. Algumas mulheres têm doenças graves, problemas de alcoolismo e uso de drogas, outras estão endividadas. Há ex-prostitutas, ex-presidiárias sendo reinseridas na sociedade, operárias com deficiência e mulheres oriundas de percursos migratórios complexos. Todas sofreram com a pobreza de algum modo. Todas conhecem a violência, a indiferença. Todas se mantêm às margens da sociedade.

Como sempre, Solène chega na hora. Aperta a campainha para "convidados" e entra no Palais. O grande saguão está tranquilo naquele fim de tarde. Um pequeno grupo de mulheres africanas toma chá, sentado nas poltronas de vime. Perto dali, um casal briga em um idioma que Solène não entende — uolofe ou suaíli. Ao lado deles, um bebê de um ano corre de meias sobre o piso frio, deslizando a cada passo.

Solène não sabe onde se sentar. Hesita um pouco, mas vê uma mesa flanqueada por duas cadeiras em um canto. Tira da bolsa um bloquinho e seu MacBook de última geração. De repente, se sente incomodada por exibi-lo. Celulares e computadores são os novos sinais de riqueza — ela havia lido um estudo norte-americano que afirmava ser possível descobrir a renda de uma pessoa apenas pelo modelo de seu smartphone. Que falta de tato exibir seu estilo de vida daquele jeito. Solène se repreende por não ter pensado naquilo. Por um segundo, fica tentada a fugir, se esconder. Mas é tarde demais. O serviço vai começar.

Sentadas um pouco mais longe, as africanas a encaram com ar distante. Parecem se perguntar o que ela está fazendo ali, com um computador e uma bolsa de grife. Algumas residentes atravessam o saguão e lançam um olhar indiferente em sua direção. Solène não tem coragem de abordá-las sequer para dar boa-tarde. Uma mulher sai do elevador carregando muitas sacolas. Solène percebe ser a mesma que dormia nas poltronas da entrada no dia de sua primeira visita. Carrega a mesma quantidade de coisas que tinha na última vez. Parece tentar esconder algo dos olhares presentes. Uma candidata para mim, pensa Solène, cujo batimento cardíaco se acelera... Mas não. A mulher se aproxima de um banco, espalha as sacolas em redor e se deita. Então fecha os olhos e adormece na hora.

Solène fica abalada. Os minutos passam e ninguém se manifesta. Ela observa o lugar, os detalhes das paredes decoradas em baixo-relevo. No piso, um símbolo estranho foi desenhado com lajotas, um grande S ornado com uma cruz e duas espadas, sobrepostas por uma coroa. A sigla contém uma menção ao Exército de Salvação. Solène continua explorando o cômodo. Atrás de um vaso de planta, avista uma mulher de cabelos curtos sentada tricotando. É tão magra e discreta que Solène não a havia notado. Com óculos pequenos sobre o nariz, parece absorta enquanto vai criando um pulôver de mangas cotelê. As agulhas se agitam, mas seu rosto não expressa nada — é estranho, pensa Solène, parece de papelão. A mulher parece sozinha no mundo.

Solène começa a se perguntar por que está ali. A diretora devia ter avisado as residentes sobre sua chegada, mas parece que não avisou. Ou então as mulheres não estão nem aí. Ela não esperava um desfile marcial, mas achou que seria recebida de um jeito melhor. Que perda de tempo! Ninguém precisa dela ali.

Uma mulher de pele negra como ébano entra no corredor, carregando sacos de mantimentos. Antes de seguir caminho, ela para perto das tomadoras de chá para conversar um pouco. Uma menininha de cinco anos vem andando atrás dela, um pacote de balas de goma na mão. Tem o cabelo preso em várias trancinhas decoradas com bolinhas de muitas cores. Seus olhos são negros como ônix. Ela encara Solène, surpresa. Parece ser a única a vê-la ali. *Finalmente alguém me notou.* Solène estava começando a pensar que era invisível. Ela fica impressionada com a profundidade do olhar da criança. A menina se aproxima, sem ser chamada. Em silêncio, analisa os detalhes da roupa de Solène, seu casaco, o MacBook diante dela. Por fim, lhe entrega uma bala meio mastigada. Solène não sabe como reagir. Não sabe se ri ou se fica surpresa. Depois de fazer sua oferta a menina se junta à mãe, e as duas logo desaparecem na direção dos elevadores. Solène fica parada, com a bala na mão, desconcertada. Fica tentada a jogá-la fora, mas não se mexe. É um presente, pensa. Um presente de boas-vindas. Ninguém joga fora um presente. É preciso guardá-los e apreciá-los. Ela coloca a bala com cuidado em um lencinho de papel e a guarda no bolso do casaco.

O relógio da parede diz que são quase sete da noite. O horário de serviço passou sem que residente alguma viesse procurá-la. Solène suspira. Ninguém apareceu. Nada a declarar, a não ser uma bala mastigada. Decepcionada, ela fecha o computador e guarda o bloquinho. Então é isso, esse é o trabalho voluntário que deveria ajudar em sua recuperação? É ridículo... Solène está prestes a se levantar quando uma senhora idosa aparece, puxando um carrinho. Vem andando na direção de Solène. *É você quem lê as cartas?*, pergunta, sem rodeios, como se lançasse um osso a um cão. Tem um sotaque estrangeiro forte — eslavo ou talvez romeno. Solène é pega de surpresa. *Estou aqui para redigir cartas*, responde, *mas também posso ler...* Abrindo o carrinho, a mulher começa a tirar um monte de cartas de todo tipo: envelopes com selos do governo, cartões-postais, folhetos, propagandas... O carrinho está lotado deles. Ela joga tudo na mesa diante de Solène e pede: *Leia para mim. Por favor.*

Solène empalidece. *Não posso, não essa quantidade toda...* Ela faz uma pausa, se perguntando como vai sair daquela situação. *Posso ler os cartões-postais, se quiser...* Enquanto diz isso, pega os cartões e se interrompe, desamparada... Estão escritos com o alfabeto cirílico. Solène observa o selo em um pedaço de papel amassado — vieram da Sérvia. A mesma letra aparece em todos os postais, sem dúvida enviados por algum parente ou um amigo. *Sinto muito, eu não falo esse idioma*, confessa ela. Sem dizer nada, a mulher pega os cartões e os devolve ao carrinho.

Então entrega as correspondências oficiais. Solène abre um envelope enviado pelo serviço social. É um pedido de atestado, necessário para o pagamento de um auxílio. Ela tenta explicar à mulher o que está escrito ali, mas ela mal a escuta e, por fim, devolve a carta ao carrinho. O mesmo acontece com o envelope seguinte, uma mensagem da operadora de celular avisando que, se as contas não forem pagas dali a um mês, a linha será cortada. A carta é do ano anterior... Solène propõe que sua interlocutora anote os documentos que deve mandar, os valores que deve pagar. Mas a mulher balança a cabeça. *Eu guardo na cabeça*, diz, apontando para a própria testa. O envelope também desaparece no carrinho. Solène continua. Abre dezenas de cartas e lê muitas propagandas por exigência da mulher. Ela fala de ofertas de óculos, persianas, smartphones, DVDs, alarmes, roupas, perfumes, brinquedos, promoções de diversas lojas. Os folhetos são inúmeros, todos iguais, irrelevantes.

Quando Solène olha para o relógio do saguão, duas horas se passaram. Ela não aguenta mais, quer ir embora. O lugar está vazio. As tomadoras de chá sumiram, assim como a tricoteira. Diante dela, a sérvia não parece impaciente. *Vamos terminar outro dia*, anuncia Solène, por fim. *Preciso ir.* A interlocutora assente, abre o carrinho, enfia nele todas as propagandas e cartas que ainda não foram abertas, junto com as que já foram, e se afasta sem agradecer. Um pouco decepcionada, Solène veste o casaco enquanto segue para a saída. Que dia estranho... Meio desconcertante para um início. Pelo menos pude ajudar uma pessoa, conclui, tentando dar algum sentido àquelas horas incongruentes, para dizer o mínimo.

Quando está saindo do Palais, avista a sérvia na entrada do prédio. Inclinada sobre uma lixeira, a mulher está esvaziando todo o conteúdo do carrinho. Solène fica abismada.

São nove horas da noite. Sua primeira sessão de trabalho voluntário acaba de terminar.

Capítulo 6

Para quê?
Voltar com que objetivo?

Léonard acaba de telefonar para saber como foi a primeira sessão dela no Palais. Solène responde que está com a impressão bem clara de ter perdido tempo! As residentes não precisam de uma escriba. Elas têm outros problemas para resolver, outros chás para tomar, outros pulôveres para tricotar. Basicamente a ignoraram. Solène se sentiu ridícula. Pior do que isso: inútil. Sem contar a velha senhora sérvia que ela pensou ter ajudado, antes de perceber a inutilidade de seu pedido.

Doar o tempo dela era uma ótima ideia... mas era preciso que alguém estivesse disposto a aceitá-lo! Solène se sentira um zero à esquerda, não vai repetir a experiência. Não vai voltar a pôr os pés lá. Não adianta insistir.

Do outro lado da linha, Léonard não se deixa abater. Ele entende a irritação dela. Viveu situações parecidas no início, na prefeitura do distrito para a qual tinha sido designado. Mas Solène não pode esmorecer. As mulheres do Palais são distantes e desconfiadas, um desafio muito mais interessante a enfrentar! Ela terá de ganhar a confiança delas, fazer amizade. Vai levar tempo, mas ele tem certeza de que ela vai conseguir.

Em vez de tranquilizar Solène, a reação de Léonard só a deixa mais irritada. Ela não vai suplicar àquelas mulheres para que aceitem sua ajuda. Não sabe fazer isso. Sente muito, mas não é a pessoa certa. Havia se enganado.

Dito isso, Solène desliga, colocando um ponto final na discussão. Não tem a menor intenção de se deixar convencer uma segunda vez. O otimismo de Léonard a exaspera. Aquele entusiasmo a toda prova, aquele jeito de achar que tudo vai ficar bem, que inocência... Não, nem tudo vai ficar bem. A Terra não gira como deveria. Falta tudo às mulheres do abrigo: dinheiro, carinho, contatos, educação. Ela mesma, que mora em um belo apartamento e tem três contas bancárias lotadas, está infeliz como nunca. Sem remédios, nem consegue sair da cama. Então, não. Falando sério. As pessoas precisam parar de dizer que tudo vai ficar bem. O mundo é podre, essa é a verdade.

Pouco antes de Solène desligar, Léonard pede a ela que reflita, que dê uma segunda chance ao Palais. Solène não quer. Havia passado a vida inteira fazendo o que esperavam. Tornara-se advogada para satisfazer a vontade dos pais. Por Jérémy, matara a vontade de ter filhos. Estava na hora de seguir o próprio caminho, de voltar a se concentrar no que ela mesma deseja. Enfim, era hora de aprender a dizer não.

O próprio caminho, sim, mas qual? Aos quarenta anos, Solène, na verdade, não sabe quem ela é. Vai procurar o psiquiatra, dizer que o trabalho voluntário não funcionou. Vai pedir outros conselhos — e outras medicações.

Quando põe o casaco para sair, encontra um lenço de papel no fundo do bolso. Dentro dele, a bala mastigada que a garotinha do abrigo lhe deu. Incapaz de jogá-la fora, Solène coloca a bala em um pote de geleia vazio. Alguma coisa nos olhos daquela criança a deixara abalada. Seu gesto a emocionara, mais do que Solène era capaz de admitir. Ela se pergunta o que aquela menininha está fazendo lá, naquele abrigo para mulheres. Como é sua vida entre aquelas paredes? De onde ela vem? O que passou? Do que fugiu ao ir para lá? Vive lá há muito tempo?

Ela pensa nas últimas palavras de Léonard: *Dê uma segunda chance ao Palais*. Passada a raiva, restara a Solène a curiosidade, uma vontade de saber mais. *Um desafio a enfrentar*, dissera ele... No fim das contas, ela não tinha nada planejado para a quinta-feira seguinte. Uma bala de goma por uma segunda chance. O acordo é simples. Solène pega o celular e manda uma mensagem para Léonard, resumindo-se a duas letras: *Ok*.

Na semana seguinte, ela entra pelas portas do Palais. O pequeno grupo de mulheres africanas está sentado no mesmo lugar. Elas novamente tomam chá e olham para Solène com o mesmo ar indiferente. Ela hesita. Faz uma pausa e, depois de se controlar, se aproxima para cumprimentá-las. Com uma voz que finge ser confiante, explica que é escriba e vai começar a ir ao abrigo uma vez por semana. Se alguma delas precisar de ajuda para redigir correspondências, Solène vai ficar muito feliz em ajudar.

As mulheres não reagem. Por um segundo, Solène até se pergunta se ouviram o que ela disse. Elas trocam algumas palavras em um idioma que Solène não entende, antes de fazerem um sinal com a cabeça. Depois retomam a conversa, como se nada tivesse acontecido.

Solène fica ali, parada. Pronto. Já se apresentou. Segue em direção às mesas disponíveis. Diferentemente da última vez, vai se sentar no meio do saguão, assim todo mundo vai poder vê-la. É preciso *dominar o lugar*, disse Léonard, *usar o espaço. Saber se impor*. As mesmas baboseiras que já ouvira no escritório. Solène aprendera a demonstrar convicção durante uma argumentação, a honrar seus compromissos diante de um cliente. Mas sua experiência não lhe ajuda em nada ali. Ela substituiu um palácio por outro e as regras mudaram. Vai ter de reinventá-las.

Ao tomar seu lugar, Solène nota a silhueta frágil da tricoteira ao lado do vaso de planta. Os dedos dela se movem com agilidade. Está fazendo outro pulôver — parece um casaquinho de bebê. Solène hesita em falar com ela. A mulher sequer ergueu os olhos quando ela entrou. Seu rosto é tão impassível que quase não parece humano. Não é muito simpático, pensa Solène. E ela acabou de fracassar com as africanas, não precisa sofrer outra humilhação.

Solène toma assento, desistindo de tentar se aproximar. Do outro lado da sala, uma das tomadoras de chá se levanta e se planta diante de Solène, tirando do bolso uma nota fiscal amassada. Em um francês perfeito, explica que faz compras no supermercado do bairro todos os dias. Na véspera, o caixa errou o preço de um produto por dois euros — os iogurtes estavam em promoção. Havia muita gente no supermercado e ele se recusou a devolver o dinheiro. Ela gostaria de escrever uma reclamação para a direção da loja.

Solène a encara sem dizer nada, se perguntando se aquilo é brincadeira. A tomadora de chá e suas amigas estariam tentando testá-la? Seria algum tipo de trote? Uma carta por causa de dois euros... Deduzindo o custo do selo, da tinta e do papel, não vai restar muita coisa a reembolsar.

Solène se prepara para responder quando a mulher acrescenta, como se tivesse lido seus pensamentos: *Eu ganho quinhentos e cinquenta euros por mês. Com o aluguel daqui e as contas, não sobra muita coisa para a comida.* Solène se interrompe. Aquilo não tem graça nenhuma. A situação se resume a uma expressão, que é como um tapa na cara: *assistência social.* Uma expressão abstrata que naquele momento se encarna de forma brutal. Com um salário anual de seis dígitos, Solène não está preparada para aquilo. Sente-se envergonhada, maldosa, por ter imaginado que a mulher quisesse testá-la. Aquela é a verdadeira face da pobreza. Ela não está no jornal nem nas telas de TV, mas ali, diante dela, muito perto. Tem a aparência de dois euros em um porta-moedas.

Muda, Solène pega a nota fiscal que a mulher lhe oferece. Ela vai escrever a carta. Pega o computador e começa a redigir a reclamação.

À noite, em casa, Solène volta a pensar naquele momento, na onda de raiva que a invadiu enquanto digitava. O caixa do supermercado estava com pressa, não quis parar para refazer a conta e entregar o troco correto. Pensando bem, também não tem culpa. O sujeito mal deve ganhar um salário mínimo, trabalha em condições precárias. Precisa ser rápido, não tem tempo para parar. Danem-se os dois euros. Dane-se a tomadora de chá.

É o nascimento da indignação, um sentimento que surpreende Solène. É inédito em sua vida. Não sabe identificá-lo muito bem. De repente, não tem mais certeza se a raiva é dirigida apenas à direção do supermercado. Também se volta contra si mesma. Fechada em sua vidinha e em seus problemas ridículos, Solène não vê o mundo girar. Algumas pessoas têm fome e só têm dois euros para comer. Apesar de conhecer aquela realidade em teoria, Solène acabou de senti-la jogada em sua cara, em pleno Palais.

A noite caiu. Ao sair do metrô, Solène passa na frente da padaria. A sem-teto está lá, de joelhos, mão estendida. Deve ter passado o dia no mesmo lugar. Pela primeira vez, Solène diminui a velocidade. Para diante da jovem sem-teto, abre a carteira e joga todo o dinheiro dentro do copinho dela.

Capítulo 7

Paris, 1925

Blanche acaba de sair em meio ao frio glacial de novembro, ignorando os protestos de Albin. Impotente, ele havia suspirado, o olhar pousado na foto em preto e branco emoldurada sobre o bufê. Uma foto tirada quase quarenta anos antes, em uma tarde de primavera. Blanche e Albin lado a lado, em seu uniforme de salvacionista. Não houvera vestido branco, renda nem cauda de musselina. Blanche quisera se casar de uniforme. Como um soldado. Reta como um i, ela encara a lente, o olhar orgulhoso. Observando os traços da esposa, Albin percebeu que ela não havia mudado. Os anos e a doença não tinham levado nem um pingo da força de seu caráter. Ela não perdera a energia inesgotável que a animava quando ele a havia conhecido.

Logo depois de entrar para o Exército, a "pequena *socialite*" foi notada por seus superiores. Seu zelo, sua determinação e sua criatividade eram muito apreciados. Para ajudar na causa dos empobrecidos, Blanche não recuava diante de nada. Ela bancava a jornalista, a cantora de rua, a oradora. Andava com placas penduradas no pescoço para vender a revista da organização, da qual se tornara redatora. Tocava violão e pandeiro nas ruas. Ligava para muitas pessoas, pedia doações na fonte: lençóis, roupas, alimentos, sapatos... *Precisamos de tudo, agora!* Tomava a palavra nas reuniões e assembleias. Abordava transeuntes, visitava restaurantes e cafés.

A Marechal, que alguns anos antes em Glasgow atiçara a faísca de sua fé salvacionista, acabou convidando-a para integrar seu batalhão pessoal. Blanche tornou-se então sua assistente e secretária. Promovida a capitã do Estado-Maior no dia de seu aniversário de vinte e um anos, passou a acompanhá-la em todas as suas viagens. E foi durante uma turnê pela Suíça que seu caminho cruzou com o de Albin.

Albin Peyron era apenas um cadete na escola militar de Genebra. Marcado por uma vocação precoce, "assumiu os S" — como diziam a respeito das pessoas que ingressavam no Exército — muito cedo: tinha apenas catorze anos. Naquele dia de dezembro de 1888, junto com os alunos de sua turma, Albin assistira a uma conferência dada pela Marechal. E notou uma jovem oficial ao lado dela, no palco. Absorta no discurso assíduo da chefe, Blanche não prestava atenção alguma nas pessoas ao redor.

Já Albin só tinha olhos para ela. Blanche era bonita, de uma beleza singular — uma beleza ainda desconhecida. Ele analisou seus cabelos escuros, sua pele clara, seu olhar sombrio sob o chapéu Aleluia. Entre os cadetes, todos ridicularizavam aquele acessório dominante, mas Albin o considerou gracioso naquele dia, ao vê-lo cobrir um rosto de traços tão harmoniosos. *Quem é aquela moça?*, perguntou ao colega ao lado. *A capitã do Estado-Maior Roussel*, respondeu o companheiro.

Blanche. A *sua* Blanche.

A mulher que se tornaria sua esposa não o notou. Nem naquele dia nem nos seguintes. Albin se esforçava para encontrar com ela quando tinha de ir a algum lugar, mas sem sucesso. Blanche não demonstrava qualquer interesse por ele, embora fosse um jovem bonito. Alto, louro e de olhos castanhos, Albin tinha uma risada farta e o sangue quente. De temperamento impetuoso, cantava a toda voz no segundo andar dos ônibus e descia correndo as ladeiras em sua bicicleta de roda grande, um presente do avô por seus dezoito anos.

Esqueça isso, aconselhou um amigo. *Ela não é para você. Dizem que terminou o noivado com um oficial. Não quer filhos nem marido. Ela escolheu o celibato.*

Em vez de fazer Albin desanimar, o aviso multiplicou sua curiosidade, como alguém que se aproxima de uma porta cujo acesso continua proibido. Blanche tinha projetos, pensou ele. Melhor assim. Ele também tinha. Albin acabou por abordá-la uma noite em que Blanche saía de uma conferência à qual ele comparecera com um único objetivo: encontrá-la. *Como posso voltar a ver você?*, lançou ele, o coração disparado. Surpresa, Blanche lhe deu um endereço onde ele poderia encontrá-la no dia seguinte, ao cair da noite. Albin foi embora com o rosto pegando fogo. Sentiu vontade de cantar. Mas qual não foi seu desânimo ao constatar que não se tratava de um encontro pessoal, e sim de uma reunião para a qual Blanche convidara todos que tinha encontrado.

Terminada a dita reunião, Albin deixou o local, decepcionado. Blanche o alcançou na rua: não tinha a intenção de feri-lo e muito menos de humilhá-lo. Não era daquelas mulheres que gostavam de brincar de gato e rato. Simplesmente não podia atender às expectativas dele. Tinha dedicado a vida à causa do Exército. Nada devia afastá-la daquilo. Nenhum relacionamento, nenhum elo. Ela não seria mãe de família e muito menos dona de casa. Jamais se casaria.

Albin ficou decepcionado, mas entendeu. Respeitava a plenitude de seu compromisso. Por não poder fazer mais nada, Blanche propôs ser amiga dele.

Não, obrigado. Albin já tinha amigos, não estava interessado.

Blanche ficou observando o rapaz se afastar. Algo nele a afetara, mais do que ela gostaria de admitir. Teria sido a altura, a beleza, o sorriso ou os olhos escuros? Havia dor por trás do vigor de seu temperamento, ela sentia isso. Em outra vida, talvez, em outro mundo, fosse diferente.

Naquele, infelizmente, Blanche não tinha espaço para ele.

Prestes a dar as costas, Blanche viu a enorme bicicleta em que ele tentava subir e parou. Já tinha visto aquele tipo de máquina. Todos diziam que eram muito confortáveis para se deslocar. Ela o alcançou correndo.

Espere!

Albin pareceu surpreso. Blanche se aproximou para analisar o objeto e o encheu de perguntas: a bicicleta era dele? Ele sabia usar? Onde aprendera a andar? Ela observou a roda dianteira, desproporcional em relação à traseira. O banco ficava a um metro e cinquenta de altura. Subir era um desafio. Era preciso muito treino para conseguir ficar sentado nela, explicou Albin. Era difícil chegar ao equilíbrio. O monstro era instável, e conduzi-lo, uma acrobacia. Uma faísca se acendeu nos olhos de Blanche. Por falta de transporte público, ela costumava caminhar muito. Uma máquina daquelas facilitaria seus deslocamentos, ela ganharia muito tempo... Um tempo precioso a dedicar à causa do Exército.

Blanche havia se decidido: queria aprender. Tentou convencer Albin a se tornar seu professor. Algumas aulas bastariam, afirmou. Gostava de esportes. Quando adolescente, tinha feito equitação, patinação e remo.

Que moça estranha, pensou Albin. E quanta determinação! Ele se recusou a ensiná-la, dizendo que era pouco apropriado para uma mulher montar naquele tipo de máquina. Blanche caiu na gargalhada. Não estava nem aí para o que era apropriado. Se ela se preocupasse com aquilo, não teria se alistado no Exército. Não era uma rosa de primavera que devia ser protegida por uma cânula, como a Marechal gostava de repetir. Já ouvira falar das teorias que diziam que usar bicicletas era prejudicial à saúde das mulheres. O dr. Tissié chegara até a afirmar que o objeto era "uma máquina de esterilização". Ele tinha acabado de publicar, naquele mesmo ano, a *Hygiène du vélocipédiste*, na qual afirmava que seu uso regular causaria "ulcerações, hemorragias, doenças e inflamações" no que chamara de "a grande ferida".

Ferida Blanche não era. Ela não se reconhecia naquele retrato do chamado sexo "frágil". Não ligava para aquele discurso, cujo único objetivo, dizia ela, era manter as mulheres em um estado de submissão e inferioridade. Era tão capaz de conduzir aquela máquina quanto um homem e provaria isso a ele. Albin ficou desconcertado. Lembrou-se do perigo da bicicleta, muito mencionado na imprensa: por causa do tamanho da roda dianteira, a velocidade obtida era alta e provocava muitos acidentes. Mas Albin ainda não sabia que Blanche era mais teimosa do que ele, algo que seria provado durante toda a vida que levariam juntos. Sem argumentos, acabou cedendo. No entanto, ainda havia um problema: de saia, Blanche não conseguiria pedalar. Calças seriam mais apropriadas, mas a vestimenta era proibida para mulheres. A lei proibia o que a sociedade considerava travestismo. Qualquer pedido de exceção devia ser analisado pela delegacia de polícia. Naquele fim de 1888, Albin não sabia que uma circular seria votada para acabar *parcialmente* com aquela proibição — calças seriam permitidas contanto que a mulher estivesse com as mãos em *um guidão de bicicleta ou nas rédeas de um cavalo*. Uma minirrevolução se formava, uma emancipação em forma de bicicleta e calça.

Não tinha problema, respondeu Blanche, ela encontraria uma roupa apropriada! Para o inferno com a lei e os entraves! O encontro estava marcado.

Ela encontrou Albin no dia seguinte em uma rua isolada na periferia da cidade. Situada no topo de um planalto, a rua era o espaço de treinamento ideal. Blanche estava vestida com uma túnica que usava para montar a cavalo.

Albin a viu chegar, incrédulo, achando graça da coisa toda. Ela o cumprimentou e tirou o chapéu Aleluia, pousando-o perto dali, para não danificá-lo. Aproximou-se e observou a bicicleta com um ar de provocação.

Albin estendeu a mão para ajudá-la a subir. Blanche aceitou, sem saber que seguraria aquela mão pelo resto da vida. O que aconteceu entre eles naquele instante foi muito mais do que uma aula de como andar de bicicleta. Foi o início de uma parceria, o nascimento de uma dupla.

As rodas começaram a girar. Blanche balançou, teve dificuldade de manter o equilíbrio. Percorreu um ou dois metros na bicicleta e caiu. Albin correu até ela. Mas não precisou ficar nervoso porque Blanche já tinha se levantado. Com a queda, rasgara o colete e arranhara os braços, mas não importava. Queria tentar de novo. Uma vez, duas vezes, três vezes. Blanche caía e se levantava sem desanimar. Ela queria conseguir.

Ela *ia* conseguir.

Sua teimosia surpreendeu Albin. Depois de uma hora de tentativas fracassadas, Blanche por fim conseguiu pedalar. Ela acelerou e soltou um grito de vitória na brisa da noite.

Na bicicleta, Blanche foi tomada por uma sensação nova, de liberdade infinita. Ela era a única responsável pelo movimento, pela velocidade e pela direção. Era assim que pretendia conduzir sua vida — sem entraves, o vento soprando nos cabelos. Dali de cima, viu o mundo de forma diferente. E ele lhe pareceu mais bonito naquele dia, naquela rua isolada, ao lado daquele homem que tinha acabado de conhecer. Ao vê-la pedalar daquela maneira, Albin foi dominado por uma certeza: queria passar a vida ao lado daquela mulher singular. Tudo nela o agradava. A vontade, a emancipação em relação aos bons costumes, ao olhar da sociedade, aquela força, aquela estranha alegria. Ele queria saber tudo sobre ela, dividir tudo com ela.

    A bicicleta vacilou. Blanche tinha tentado descer um declive e ganhado velocidade. Albin empalideceu: não havia explicado a ela como frear. Então começou a correr para pegá-la. Mesmo com a bicicleta no embalo, Blanche acabou achando o freio e o puxou com violência. Em um segundo, a roda travou, lançando a jovem oficial para a frente. Ela deu uma cambalhota no ar antes de cair de costas.
    Acrobaticamente.
    Aquela foi a entrada de Blanche na vida de Albin. Um começo de relação avassalador.

    Albin correu até ela, aflito. Estava com raiva de si mesmo, não devia tê-la deixado subir, o aparelho era perigoso demais... Blanche estava toda machucada e sua túnica tinha se rasgado, mas não quebrara nada. Então apenas estendeu a mão para ele e agradeceu — nunca havia se sentido tão livre quanto naquele dia.
    Albin ficou mudo. Em um instante, Blanche ia embora. Ia pôr o chapéu Aleluia e se afastar. Sua missão em Genebra estava acabando. No dia seguinte, ela voltaria para Paris. A história dos dois acabaria ali, naquela rua de terra, antes mesmo de começar. Albin não sabia como mantê-la ali. Havia tanta coisa que queria dizer, mas não conseguia. Queria confessar que se via ao lado dela dali a um ano, dez anos, vinte anos. Que queria ser o homem que a

acompanharia. Que não queria prendê-la, que respeitaria sua liberdade, sua luta. Melhor ainda, ele trabalharia com ela. Juntos, fariam coisas importantes, realizariam grandes projetos. Albin tinha apenas dezenove anos, não sabia nada da vida, mas daquilo tinha certeza: queria ficar com ela naquele instante e pelo tempo que estivesse vivo.

As palavras se agitaram em sua cabeça, formando um turbilhão, mas não escaparam. Blanche foi embora. Então ele saiu correndo atrás dela e gritou duas palavras que não havia previsto:
Case comigo!
A jovem se virou, surpresa. Não sabia se tinha escutado direito. Albin repetiu, ainda surpreso com a própria coragem:
Case comigo.
Blanche o encarou, incrédula. Ele não parecia estar brincando. Para ser sincero, Albin nunca tinha falado tão sério na vida. Ele deu um passo para a frente e começou a falar: gostava de tudo nela. Do que ela pensava, do que dizia, do fato de pôr a causa em primeiro lugar, antes mesmo dela, antes mesmo dele. Concordava com aquilo. O casamento deles não seria uma prisão, uma servidão, e sim uma parceria. Blanche nunca seria uma mulher submissa nem uma dona de casa, e sim uma guerreira que lutaria ao lado dele. Os dois não seriam apenas marido e mulher, e sim companheiros de armas, soldados, aliados.

Ele não tinha um anel nem luvas brancas naquele dia, nada para oferecer além daquilo: a promessa de uma união que seria mais do que uma comunhão, um projeto de vida. Um caminho percorrido em dupla, de mãos dadas, em nome da causa que tinham escolhido. Haveria obstáculos, é claro, decepções e desilusões, brigas e contradições, mas também haveria vitórias. Albin tinha certeza daquilo. Assim como ele, Blanche tinha um temperamento forte, dentro dela queimava um fogo ardente. Em par, seriam mais fortes. Sozinho ninguém vai muito longe.

As palavras de Albin saíram de uma só vez. Blanche ficou encantada com a declaração. Naquele instante, pareceu vê-lo com mais clareza do que nunca. Aquele homem era igual a ela, pensou. Era feito da mesma madeira. Ela acabara de encontrar um *alter ego*, uma alma irmã que reconhecera ali, ao ar livre, em uma noite em uma rua isolada.

Por isso, não precisou de muito tempo para se decidir. Nem parou para pensar. Esquecendo o voto de celibato e o juramento que a ligava a Evangeline, Blanche deixou escapar uma palavra, uma palavrinha que mudaria toda a sua vida: Sim.

Sim para a vida a dois.
Sim para a luta a dois.
Sim para ser sua amiga, sua parceira, sua companheira.
Sim para lutar com ele por toda a sua vida.
É, ela queria, sim.
Em frente!

Blanche se casou com Albin em 30 de abril de 1891, em uma cerimônia que os dois mesmos organizaram. Entraram na igreja ao som de pandeiros, observados por amigos salvacionistas. O hino da França foi tocado. Os dois aceitaram compartilhar a vida sob a bandeira do Sangue e do Fogo do Exército de Salvação, hasteada para eles. A união duraria quarenta e dois anos. O que Albin prometera a Blanche naquele dia, naquela rua de terra, não foi desmentido. O casamento dos dois seria sempre uma parceria.

Naquela noite de novembro de 1925, Blanche tinha cinquenta e oito anos. Enquanto a observava andar pelas ruas de Paris, sob a neve, Albin lembrou que ela ainda era aquela mulher livre e cheia de vontades, a jovem oficial obstinada no alto da bicicleta. Sua teimosia era um dom, um motor que a fazia avançar.

Blanche estava doente, mas viva.
E ainda tinha grandes projetos a realizar.

Capítulo 8

Paris, hoje

Inclinada sobre o smartphone, Solène não vê as estações de metrô passarem. Acabou de esbarrar em uma matéria chamada "As mulheres e a precariedade". Há algum tempo vem se interessando mais pelo assunto. A constatação da pesquisa é alarmante: as mulheres são as principais vítimas da pobreza e as principais beneficiárias dos serviços de assistência social. Representam 70% dos trabalhadores pobres. Mais da metade das pessoas que apelam ao bancos de alimentos são mães solteiras, e o número aumenta constantemente. Dobrou em quatro anos. Os pedidos de acolhimento de mulheres com filhos em abrigos subiram de forma exponencial.

Solène ergue a cabeça, abalada. Sempre acreditou que as mulheres eram relativamente protegidas pela sociedade. Mas, pelo contrário, elas são as mais expostas. Nota, então, que o metrô parou na estação Charonne. É ali que ela desce. Solène corre para a plataforma. Sobe até a superfície e passa pelo supermercado, pensando na carta que redigiu para a tomadora de chá. Quando voltou ao Palais na quinta seguinte, a mulher estava lá, cercada pelas amigas, no mesmo lugar. Quando Solène entrou, a tomadora de chá se levantou, foi até ela e simplesmente disse: *Eles me reembolsaram.*

Solène tinha sorrido pela vitória imensa e insignificante. Uma vitória de dois euros a deixara animada. Acendera nela uma pequena chama. Solène pensou em todos os processos que tinha ganhado, nos milhões disputados entre as partes, como uma bola arrancada das mãos de um adversário em uma partida de rúgbi. Pensou nas fortunas que seus clientes haviam reunido, nos valores faraônicos cobrados pelo escritório, nas noites regadas a champanhe para as quais tinha sido convidada, em lugares chiques. Já havia festejado vitórias, mas nenhuma que realmente a tivesse alegrado. Ficava recuada, sentindo emoções superficiais, como se tivesse sido anestesiada. Mas aquela vitória lhe dera uma sensação diferente. A de estar em seu devido lugar. No lugar certo, no momento certo.

A mulher não agradecera. Antes de se sentar, apenas enchera uma xícara de chá e a pusera na mesa em que Solène tinha acabado de se instalar.
Sentada no meio do saguão, Solène havia tomado o líquido quente e doce, celebrado sozinha os dois euros reembolsados. Fora um chá delicioso, melhor do que todas as taças de champanhe juntas, do qual ela saboreara cada gole.

Faz um mês desde que Solène entrou pelas portas do Palais pela primeira vez. E está começando a se encontrar naquele lugar. Léonard tinha razão: as residentes são desconfiadas. É preciso conquistá-las. Impor-se. Solène tomara a iniciativa de imprimir pequenos cartazes para anunciar seu serviço e os colara na entrada do prédio.

Naquele dia, as tomadoras de chá a cumprimentam. A tricoteira não ergue os olhos — o contrário a teria surpreendido. Em um canto, a Dama das Sacolas dorme encolhida sobre ela mesma. Solène se senta à mesa que já lhe foi reservada, quando vê chegar a sérvia, ladeada por seu inenarrável carrinho. Ela empalidece. Não está pronta para uma nova sessão de leitura/tortura. Outras tarefas mais importantes a esperam — ou ao menos ela torce por isso. Tenta se esconder atrás da tela do notebook como a tricoteira atrás do vaso de flores. Tarde demais, a sérvia já a viu. Ela vai na direção de Solène e se senta sem ser convidada a fazê-lo. Solène tenta ser educada. Explica de forma diplomática que não vai ter tempo para ler naquele dia. Na verdade, está ali para escrever. Sim, ela é escriba — aquelas palavras ainda soam estranhas em sua boca. Ela tem dificuldade de pronunciá-las, como se não se sentisse realmente legítima. A sérvia assente. Escrever também é bom. Ela precisa justamente de uma carta. Uma carta para Elizabeth, explica. Mas ela não tem o endereço.

Já começamos bem, pensa Solène. Uma nova chateação... A sérvia quer monopolizá-la à toa. Solène adoraria dedicar seu tempo a tarefas mais úteis. Mas é impossível interrompê-la...

Ela é sua parente, uma amiga?, pergunta. A sérvia balança a cabeça. Não, é *Elizabeth*. Elizabeth da Inglaterra. Quer um autógrafo dela, explica. Já tem vários, mas não aquele.

Solène faz uma pausa, chocada. Aquela mulher que não tem nada, que mora em um abrigo, aquela mulher cuja vida amarga a diretora explicara a Solène, marcada pela guerra, por abusos e pela prostituição, aquela mulher só tem uma coisa a pedir: uma assinatura em um pedaço de papel.

Solène não sabe o que responder. O pedido a confunde e a abala. A sérvia não parece louca. Parece apenas estar presa a um mundo só dela, que talvez tenha construído para se proteger das provações que sofreu.

Solène gostaria de dizer que o gesto será inútil, que a rainha da Inglaterra não responderá. Que ela dorme em um palácio de verdade, muito longe daquele em que as duas estão. Que ela nasceu em um mundo em que crianças não são despedaçadas por bombas sob os olhos da mãe, em que mulheres não são estupradas por dez soldados antes de serem entregues a uma rede de prostituição. Gostaria de dizer que Elizabeth não dá a mínima para a tristeza dela, para a vida dela, para aquele corpo torturado que ela arrasta para todos os lados junto com seu carrinho. Gostaria de dizer tudo aquilo, mas não diz.

Afinal, por que não? Uma carta para a rainha da Inglaterra já é melhor do que duas horas lendo folhetos e propagandas. Solène liga o MacBook e começa a digitar.

Para Cvetana, lembra a sérvia, *com C.*

Solène não sabe por onde começar. *Cara rainha Elizabeth...* Não é informal demais? Ela apaga a frase e recomeça.

Vossa Alteza Seteníssima? Ela não conhece a fórmula consagrada. Em quinze anos de direito, teve tempo de dominar os pronomes de tratamento, mas não conhece aquele. Quando o assunto é protocolo, Solène não é especialista. Deveria assistir mais a esses seriados sobre a realeza, pensa, irônica. Depois de uma breve pesquisa on-line, opta pela sobriedade. Melhor deixar de lado as fórmulas exageradas, os *Vossa Majestade me dê a honra de aceitar a expressão do meu mais profundo respeito* e talvez os *Tenho a honra de ser, com enorme deferência, sua mais humilde serva.* Talvez o tom tenha a ver com Buckingham, mas não combina muito com o Palais de la Femme.

Solène termina de redigir a carta e a lê em voz alta. Cvetana escuta e balança a cabeça. *Isso não está certo,* diz. *Você tem de escrever em inglês.*

Solène faz uma pausa, acanhada. A observação tem um quê de bom senso. Em inglês para a rainha da Inglaterra, a coisa deveria ser óbvia.

Naquele instante, uma mulher de cerca de trinta anos entra no saguão. Solène reconhece a residente que havia abordado a diretora no dia de sua visita ao Palais. Ela parece furiosa e se precipita em direção às tomadoras de chá. Começa a gritar que *as tias são um saco. O* cooktop *da cozinha do segundo andar está estragado de novo, você acha que estão em casa ou o quê, hein? Eu estou de saco cheio de ficar ouvindo todo mundo conversar até a meia-noite, tem gente dormindo, ou pelo menos tentando, e vocês têm de largar todos os carrinhos de bebê no corredor? Da próxima vez eu vou roubar um e vender pela internet, pelo menos assim vou ganhar algum dinheiro!* A tricoteira tira os olhos das agulhas com um ar indiferente, a Dama das Sacolas acorda com um susto. *Você podia fazer menos barulho*, protesta ela, ao que a jovem reage na hora. *O que você está fazendo, dormindo aqui de novo? Isso aqui é uma área comum, você tem um quarto e uma cama, se quiser dormir em um banco é só voltar para a rua. Isso vai liberar uma vaga para alguém que precisa de verdade!* A Dama das Sacolas se irrita. *O que você sabe da rua? Você nunca tira a bunda daqui de dentro! A rua já viu minha bunda*, responde a outra, gritando ainda mais alto, *e outras muito mais bonitas do que a sua! Duvido! Quer comparar? Quantas vezes você foi estuprada?*, retruca a Dama das Sacolas. As tomadoras de chá se metem. O tom de voz sobe. Falta pouco para que saiam no tapa.

Solène parou de escrever, espantada. Diante dela, Cvetana dá de ombros, visivelmente acostumada. *É a Cynthia*, revela, apontando a jovem. *Ela está irritada. Cynthia está sempre irritada.* A recepcionista vem se intrometer. Pede que Cynthia se acalme, lembra que as visitas dela já foram suspensas por um mês e ela pode sofrer outra sanção se continuar daquele jeito. Depois de um último xingamento endereçado às *tias* e à Dama das Sacolas, Cynthia acaba indo embora.

O silêncio volta ao grande saguão. Solène percebe que Cvetana não está mais ali. Fugiu, sem esperar a carta. O carrinho dela também desapareceu. Solène observa a carta em inglês que acaba de redigir. O que deve fazer com ela agora? Jogá-la fora? Enviá-la? Guardá-la para uma próxima vez?

* * *

A incursão de Cynthia azedou o ambiente. A tricoteira juntou suas coisas e se foi, assim como a Dama das Sacolas. As tomadoras de chá se retiram. Está na hora de ir para casa, pensa Solène. Ela põe a carta na bolsa e veste o casaco, quando vê a menininha das balas. Ela acaba de chegar com a mãe e está comendo ursinhos de chocolate. Como da primeira vez, a garota passa por Solène, se aproxima e entrega a ela um ursinho pescado do pacote. Solène fica surpresa. Ela pega o doce, agradece à criança e tenta puxar conversa. *Como você se chama?*, pergunta. A menina não responde. Segue na direção da escada e desaparece.

Qual é o sentido de tudo aquilo? Solène não sabe. Há alguma coisa sobre aquele lugar, sobre aquelas mulheres com quem convive sem realmente conhecer, que ela não entende. Não tem a senha para decifrar as almas e os comportamentos, um manual de instruções, mas sente que, aos poucos, está começando a conquistar seu espaço ali.

Léonard tinha razão, pensa ao sair do Palais. Era necessário tempo.

Capítulo 9

Aconteceu naquela manhã. O que ela imaginava havia anos. Solène sabia que esse dia chegaria. Tinha ficado sabendo por amigos em comum que ele havia se mudado para o bairro. Acabariam se encontrando. Era inevitável.

Jérémy, seu grande amor, o homem que ela nunca esqueceu.

Ela saiu de casa pela manhã para postar a carta para Elizabeth. Depois de muita consideração, achou que a mensagem merecia ser postada. Afinal, ela a havia redigido e traduzido. Além disso, a sérvia tinha o direito de sonhar. A vida lhe tirara tudo, mas aquilo restava, o direito de ter esperança, de escapar da realidade colecionando autógrafos da realeza. Quem era ela para julgar a inutilidade daquela tentativa? Um pouco de sonho, um pouco de ilusão, um pouco de Buckingham em uma vida destruída, como quem acrescenta açúcar em um café ruim. Não muda o sabor, mas torna-o mais suportável.

Solène sorriu ao anotar o endereço no envelope: *"Elizabeth II, Buckingham Palace, London, England."* Do outro lado, escreveu o endereço do Palais de la Femme. Percebeu então que não sabia o sobrenome de Cvetana. Então pôs o seu. Se, por milagre, houvesse uma resposta, a recepcionista entregaria a carta a ela.

Inserindo o envelope na caixa de "Interior e Estrangeiro", Solène é dominada por um riso de nervoso. Tudo aquilo à toa, pensa. Tanto tempo de estudo na faculdade de direito, a prova da ordem, anos em um escritório, um *burnout* e uma terapia para chegar a este ponto: redigir cartas à rainha da Inglaterra. A vida nunca deixa de ser irônica.

Solène se prepara para dar meia-volta quando o vê. Ele está ali, do outro lado da rua. Jérémy. Acompanhado de uma moça e um menino de não mais que dois anos. Solène fica imóvel, como se tivesse acabado de ser atingida por um raio. Uma descarga de adrenalina mantém seu corpo colado naquela posição. O coração dispara, as mãos começam a tremer. Ela fica imóvel, petrificada como um cervo diante de um par de faróis, à noite, em uma estrada isolada.

Jérémy não a vê, ocupado em pegar a chupeta que acabou de cair. Solène observa o menininho: uma cópia do pai, traço a traço. Outra versão dele mesmo, fresca, radiante, ofensiva de tanta vida e saúde. Uma versão que ela quer extinguir e beijar.

Ele não queria filhos, tinha dito isso a ela muitas vezes, firme e resoluto. E Solène aceitara aquela escolha. Os dois moravam em casas separadas e se encontravam para viver bons momentos. Juntos, viajaram a Londres, Nova York, Berlim, visitaram exposições de arte contemporânea, jantaram nos melhores restaurantes. E aquela vida parecia boa para ela — ou ao menos ela havia conseguido se convencer disso.

A alegria dos outros é cruel. Ergue para nós um espelho impiedoso. Naquele instante, a solidão de Solène foi jogada com força em sua cara. O filho que ele não queria foi feito com outra. A verdade era essa. Aquele menininho de dois anos era mais do que uma rejeição: era uma traição. Naquele instante, Solène se sentiu iludida, oca daquele bebê que nunca havia carregado, de todas as coisas que não admitira querer. Para ser amada, ela se tornara o que esperavam que fosse. Conformara-se aos desejos dos outros, negando os próprios. No caminho, perdera-se. Na rua, enquanto olha para Jérémy, tem a impressão de que toda a sua vida desfila diante de seus olhos, como um filme que passa sem ela. Devia ser eu, pensa, ali ao lado dele, pegando a chupeta que caiu. Devia ser eu a dizer "não, chega de balas". Eu a passar a mão em seus cabelos despenteados.

A ferida está ali, aberta. Solène acreditava tê-la fechado por meio dos progressos que fizera na carreira, das promoções recebidas no escritório. Estava errada. Apesar dos bálsamos e unguentos, ela jamais cicatrizou.

Com o tempo, tudo se vai, diz a canção.

Tudo desaparece, menos aquilo. Existem tristezas que não acabam. Jérémy era uma delas.

Gelada, Solène volta para casa. Imagina o apartamento de Jérémy, alegremente bagunçado, cheio de brinquedos, de choro de criança, de mamadeiras, de biscoitos amassados. Tem vontade de gritar. Poderia desabar, passar o dia chorando na cama.

Por sorte, é quinta-feira e ela tem de ir ao Palais. O voluntariado vai salvá-la. Ainda não está na hora, mas e daí? Ela pode ir antes. Qualquer coisa é melhor do que ficar ali, pensando em sua vida fracassada.

Solène deixa o apartamento às pressas, fugindo. Passa pela padaria, deixa uma moeda para a sem-teto e se enfia no metrô. Não quer mais pensar, e sim mergulhar nas histórias dos outros, como antes mergulhava em seus casos. Não é um substituto à altura, ela sabe disso, mas naquele momento ela não tem nada mais a que se agarrar.

Enquanto sobe a rua que leva ao Palais, Solène desacelera o passo. Ela vê, do outro lado da rua, a tricoteira sentada na calçada. Diante dela, em um pedaço de tecido, estão expostas suas obras: pulôveres para adultos, para crianças, meias para bebês, cardigãs, luvas, cachecóis e gorros. Solène hesita. Ela atravessa a rua e se aproxima, intrigada. Um casal observa os tricôs. Ao lado de cada um, há um preço. Um preço irrisório, simbólico, meias a dez euros, coletes a vinte. Muitas peças magníficas, elaboradas, bem cuidadas. Solène não consegue se impedir de imaginar quanto custariam em uma grande loja — cinco ou dez vezes mais, com certeza. Esses pulôveres são obras de arte, pensa. Essa mulher tem mãos de ouro. Que talento liquidado, que desperdício!

Solène não ousa se aproximar. O casal começa uma discussão sobre um pequeno par de meias. Oferecem metade do preço pedido. A tricoteira está prestes a aceitar. Cinco euros. Cinco euros por duas meias feitas à mão, um valor que mal paga a lã. Cinco euros por horas de trabalho executado com paciência e minúcia. Solène ruboresce. A mesma raiva que sentiu ao redigir a carta para a tomadora de chá retorna. É invadida por uma onda de ódio. Ela não tinha intenção de intervir, mas não consegue se segurar. Aproxima-se e aborda o casal. Eles não têm vergonha de negociar? Pagariam dez vezes aquele valor em qualquer loja de um bairro mais chique. As meias são maravilhosas e a lã é macia, suave, uma lã de qualidade. Elas custam dez euros e é pegar ou largar! O casal encara Solène, abismado, assim como a tricoteira, que parece se perguntar por que ela está se metendo. Os clientes largam as meias e se afastam, irritados, sem comprar nada.

Solène fica parada na calçada, abalada. A tricoteira a fuzila com o olhar. Não diz nada — os olhos falam por ela. Solène gagueja um pedido de desculpas. Não sabe o que deu nela. Por sua causa, a mulher deixou de ganhar cinco euros, e ela agora sabe o que cinco euros significam. Prepara-se para ir embora, confusa, mas muda de ideia. Tira a carteira da bolsa e anuncia que vai levar as meias. A tricoteira a encara, surpresa. Solène estende uma nota para ela e pega as minúsculas criações de lã.

Seguindo na direção do Palais, ela pensa em Jérémy, naquele bebê que nunca carregou. Nas meias que acabou de comprar, como um ato falho. São para recém-nascidos, tinha dito a vendedora.

Capítulo 10

A recepcionista parece surpresa ao vê-la chegar antes da hora. *Vim mais cedo hoje*, anuncia Solène simplesmente. Claro, ela não fala de Jérémy, não fala da criança, não fala da tristeza que sentiu ao vê-los. Não fala do colapso, do buraco que se abriu a seus pés. Não fala das meias para recém-nascido que acabou de comprar da tricoteira impressionada.

Mas foi bom, responde a recepcionista. *Uma residente estava procurando você.* Solène faz uma pausa, surpresa. É a primeira vez que a procuram ali, que manifestam alguma vontade de falar com ela. Que bom. Naquele dia, em especial, ela precisa mesmo ser útil para alguém.

A recepcionista aponta para uma mulher sentada no saguão. Solène reconhece a mãe da menininha das balas. A criança não está lá, a mulher está sozinha. O lugar está calmo àquela hora. As tomadoras de chá ainda não chegaram. Não há sinal da Dama das Sacolas nem de Cynthia, a irritada. Solène dá um passo à frente. A mulher parece mergulhada em seus pensamentos, longe, muito longe dali.

Disseram que você estava me procurando, diz Solène, se aproximando. A mulher desperta. *Soube que você escreve cartas. Eu queria mandar uma para o meu filho, que está no nosso país.* Solène assente e se senta ao lado dela. Toma um segundo para analisar as feições da mulher: a mãe se parece com a filha. Tem os cabelos trançados como os dela, a mesma intensidade no olhar. A mesma tristeza também, aquele modo alheio de passar pela vida.

Com um gesto que já se tornou familiar, Solène pousa o notebook e a impressora minúscula que se acostumou a trazer também — um material leve, fácil de carregar. Ela liga o MacBook. Finalmente pronta, espera o sinal da mulher para começar a digitar.

Mas a mulher não diz nada. Parece não saber por onde começar. Parece emocionada, desarmada. Solène não sabe como ajudá-la. Ainda não tem experiência naquilo — a carta para Elizabeth e a reclamação para o supermercado foram suas únicas tentativas. Com certeza é muito mais difícil escrever para um filho do que para a rainha da Inglaterra, pensa. Por isso, acaba perguntando o nome do menino, para introduzir o assunto.
Khalidou, responde a mulher.
Ao pronunciar o nome, seu olhar brilha e, ao mesmo tempo, se enche de tristeza. Em seus olhos há amor, há saudade. Há o exílio. Há a viagem interminável feita até ali. Há aqueles que ela deixou para trás, em seu país. Há

sobretudo Khalidou, seu filho, seu menino querido. Que ela não pôde trazer. A quem ela abraça toda noite em pensamento. Que se pergunta se um dia vai perdoá-la. Ela gostaria de explicar por que foi embora. Por que levou Sumeya, sua irmãzinha, mas ele, não. Gostaria de contar o que fazem com as meninas no país deles, a Guiné. Ela ainda se lembra do dia em que fez quatro anos, quando a levaram e seguraram suas pernas. Lembra-se da dor lancinante que a cortou ao meio e a fez desmaiar, a dor sentida outra vez na noite da lua de mel e em todos os partos, como uma punição renovada eternamente. Aquela abominação que se perpetua de geração em geração. Aquele crime contra a feminilidade.

Ela não queria aquilo para Sumeya.
Não, pelo amor de Deus. Não para Sumeya.

Mas sabia que seria inevitável. Na Guiné, quase todas as mulheres são mutiladas. Ela ouviu a porcentagem uma vez no rádio: 96% da população feminina. Não frequentou a escola, mas sabe o que o número significa. Significa sua mãe, suas irmãs, suas vizinhas, suas primas, suas amigas. Significa todas as mulheres de seu bairro, todas as mulheres que ela conhece.
E significa também Sumeya.

Ela suplicou para o marido, mas não adiantou. Sabia que não era dele o poder de decidir, e sim de sua família. Infelizmente, era tarde demais, anunciou ele. A cerimônia já estava marcada. Segundo a tradição, a mãe dele, avó paterna de Sumeya, seria a responsável por aquela missão.

Então aquela mulher decidira fugir para salvar Sumeya. Uma amiga informara a ela o caminho a seguir. *Você pode levar uma criança*, explicara ela. *Mas com duas não vai passar*. Então ela fizera uma escolha.

A pior delas, a mais dilacerante de sua vida. Uma escolha necessária, indispensável e insana. A escolha que vai assombrá-la por toda a eternidade.

Ela chegou ao Palais há um ano, depois de um mês de viagem extenuante. Sumeya está a salvo.
Para ela, no entanto, a vida acabou. Ninguém se recupera do que ela viveu. Aquela mulher teve amputada uma parte de si, tanto no sentido literal quanto no figurado. Seu coração foi partido em dois, dividido entre a África e as paredes do Palais.

Solène a ouviu sem dizer nada, abalada. O que falar depois daquilo? Passa a entender o sofrimento em seus olhos, a tristeza milenar que aquela mulher carrega como quem carrega uma cruz no calvário. A tristeza de milhões de mulheres mutiladas, cortadas na carne durante séculos e séculos em nome de tradições ancestrais desumanas que continuam a ser perpetuadas.

Muitas residentes do Palais fugiram para evitar o destino reservado às próprias filhas. Elas vêm do Egito, do Sudão, da Nigéria, do Mali, da Etiópia e da Somália, onde a prática ainda é comum. Solène pensa na menininha de olhos pretos como ônix, nas balas que ela come enquanto atravessa o saguão, sem saber que a mãe a salvou. Ela rompeu o ciclo infernal, quebrou um elo da corrente. Libertou Sumeya e todas as mulheres de sua família. Nunca mais aquilo acontecerá nas gerações que as sucederão. A mulher se chama Binta, mas todas ali a chamam de Tia. *Tia* é o apelido dado a todas as africanas como ela. Um nome protetor, tranquilizador, maternal.

A mulher tem os olhos voltados para Solène. Ela espera. Havia poucos segundos, não se conheciam. Agora, Solène tem a custódia do passado de Binta. Para ser sincera, não sabe o que fazer com ele. Que palavras deve usar para Khalidou? Que palavras deve usar para dizer aquilo? As palavras, coitadas, são tão impotentes diante de tanto sofrimento... Aquela mulher acabou de confessar sua vida como quem conta um segredo, um pesadelo, como quem libera um fardo. E espera, com olhos cheios de esperança, as palavras que Solène usará para contar sua história.

Escreva, por favor. Diga ao meu filho que sinto muito.

Naquele instante, naquele exato instante, Solène sente a brutalidade da ruptura do dique. É dominada por uma emoção incontrolável. Diante de Binta, ela cai no choro — ou melhor, desaba. Não são apenas lágrimas, é muito mais do que isso. Nelas há Jérémy, o filho que nunca vão ter, as meias que comprou sem saber por quê. Há o sofrimento de Binta, a profanação ocorrida quando tinha quatro anos, a menininha das balas, Khalidou que ficou na Guiné. Há tudo aquilo e muito mais, a tristeza que ela não consegue mais conter, que não consegue mais esconder. É preciso devolvê-la ao mundo agora, derramá-la, tirá-la da cabeça, de todo o corpo.

Solène sente-se muito, muito envergonhada: está chorando diante de uma mulher que viveu um inferno. Binta a abraça e a consola como uma mãe faria. *Chore*, diz ela. *Vamos, chore. Isso vai fazer bem.* Então Solène não se segura mais e deixa a tristeza escorrer. Torna-se apenas aquilo, aquela tristeza derramada no ombro de Tia. É uma menininha em seus braços. É Khalidou, Sumeya, todos os filhos de Binta ao mesmo tempo.

É a primeira vez que Solène desaba daquele jeito. Nunca havia fraquejado na frente de ninguém. Quando Jérémy a deixara, ela não dissera nada. Fizera uma expressão incrédula e chorara por várias noites, em segredo.

Mas não ali. Não naquele dia. Nos braços de Binta, Solène se desprende. Como se, por mais estranho que pareça, sentisse que aquela mulher tinha a capacidade de contê-la, de entendê-la melhor do que ninguém. As duas não se conhecem, mas estão próximas naquele instante, muito próximas. Duas irmãs que não precisam falar. Que não precisam de palavras, apenas daquilo, daquele abraço, daquele momento compartilhado.

As tomadoras de chá surgem. Encaram Solène, surpresas. Perguntam o que aconteceu. Com um gesto, Binta faz sinal para que se afastem, como uma loba que protege o filhote. *Deixem a moça respirar.*

Uma delas — a mulher dos dois euros — vai buscar chá, e outra, um lenço de papel. Aos poucos, Solène se acalma. Está com os olhos vermelhos e inchados. Que ironia, pensa: uma advogada às lágrimas em pleno abrigo para mulheres. E pensar que era ela que devia ajudá-las...

Dane-se o que dirão, danem-se as aparências. Solène tem a impressão repentina de que está se libertando de um peso que carregou por muito tempo, de uma armadura pesada demais, que acabou de largar ali, aos pés de Binta, no saguão enorme. Está se sentindo mais leve, aliviada.

Ela volta ao normal depois de utilizar uma grande quantidade de lenços de papel e de consumir várias xícaras de chá. Enquanto isso, Binta faz uma assembleia com as tias reunidas em torno dela. *Não podemos deixá-la assim*, sussurra. Elas discutem por um tempo. Então, Binta vai até Solène e anuncia o veredito sem possibilidade de apelação:
Você vai vir com a gente. Vamos levar você à aula de zumba.

Capítulo 11

Paris, 1925

Blanche sentiu um arrepio sob a jaqueta de jérsei. Albin tinha razão: aquela noite de novembro estava glacial. O frio penetrava pelo couro das botas e pela lã dos casacos. Entrava na carne de forma tão profunda quanto a lâmina de uma faca. Blanche não sentia mais os pés. As mãos estavam entorpecidas, geladas. Tinha dificuldade para mexer os dedos. No entanto, era preciso continuar. Naquela noite, ela acompanharia a equipe da Soupe de Minuit — a sopa da meia-noite, uma nova ofensiva contra a fome e o frio que ela e Albin haviam acabado de criar. Blanche estava decidida a acompanhar a distribuição das primeiras refeições.

Bom dia, sra. delegada, disse uma oficial.

Delegada. Blanche ainda não estava acostumada a ser chamada daquele jeito. Nunca fora impelida por qualquer tipo de ambição pessoal, mas precisava confessar que o título a deixava orgulhosa. Era a distinção mais alta do Exército em nível nacional. Albin e ela a haviam recebido juntos. Eles compartilhavam o cargo e as responsabilidades, assim como tudo o mais. Todos tinham se acostumado a chamá-los de "os Peyron", sem distinção, como se fossem apenas um — e eles haviam chegado ao topo da hierarquia, à chefia do Exército.

O caminho havia sido longo e complicado. Nos anos que se seguiram ao casamento de Blanche e Albin, a organização salvacionista sofreu seus contratempos mais cruéis. Quase fora encerrada por falta de verba. Em vários lugares, postos foram fechados. As cidades da França, os vilarejos, todos resistiam ao projeto do pastor inglês. Em especial Paris, que, apesar de tudo, era uma cidade que Blanche adorava. A Paris que ela não conhecia e cujas pedras lhe pareciam estranhamente familiares. De todos os campos de batalha que havia atravessado, aquela cidade era seu preferido. Onde se mantinham as maiores desigualdades. Onde os mais empobrecidos eram esmagados. Paris seria a grande luta de sua vida.

Durante aquele período, Blanche deu à luz seis filhos. Fiel a seus votos, continuou lutando pelo Exército, aumentando a arrecadação de fundos no interior e no exterior sem se preocupar com o sono nem a saúde. Quase constantemente grávida, às vezes tinha de interromper uma conferência para dar à luz antes de voltar ao front.

Quanto a Albin, ele era o companheiro fiel e dedicado que prometera ser. Substituía Blanche no cuidado das crianças para que os dois pudessem trabalhar. Com o passar dos anos, a dupla se afinara, como dois instrumentos que dão o tom um para o outro, como duas rodas de bicicleta avançando por igual.

Seus esforços acabaram dando retorno. Depois de anos de escassez e recessão, o Exército crescera exponencialmente. Sob o reinado dos Peyron, começara a era das grandes construções, dos projetos ambiciosos. Blanche e Albin tinham fundado o Palais du Peuple, ou palácio do povo, no bairro des Gobelins, um hotel social para homens sem-teto, e o Refuge de la Fontaine-au-Roi, um abrigo para mulheres no bairro de mesmo nome. Com o incentivo deles, hospedarias e abrigos haviam florescido em todo o país, em Lyon, Nîmes, Milhouse, Le Havre, Valenciennes, Marselha, Lille, Metz, Reims... Eles também haviam criado o Armoire du Pauvre, o chamado armazém dos pobres, que distribuía móveis e roupas, e a Soupe de Minuit, cujo caldeirão percorria as ruas de Paris para dar de comer aos desfavorecidos.

Eram muitos naquela noite a se espremer em torno da enorme panela apoiada em um carrinho de mão. Faziam a fila no frio para obter algumas conchas de sopa, que muitas vezes eram a única refeição do dia. As oficiais do Exército distribuíam cobertores e cestas de pão. Duzentas sopas para duzentos estômagos. Era muito pouco, Blanche sabia. Milhares sofriam com a fome. *Nós não temos dinheiro*, murmurou um sem-teto, recusando a tigela que lhe entregavam. *Não estamos vendendo a sopa. Estamos distribuindo*, respondeu Blanche, soprando os dedos azulados de frio.

Os poucos transeuntes àquela hora escorregavam na calçada, com pressa de voltar para casa. Ninguém parava. A pobreza causa medo, afasta, assusta. A meia-noite se aproximava.

Logo as ruas voltariam a ficar barulhentas e animadas. Os teatros e cabarés colocariam seus espectadores para fora, e eles voltariam para suas casas aconchegantes. O coração de Blanche ficava apertado com isso. Quem pensava nos cinco mil sem-teto que andavam pela cidade sem cobertor nem cama?

Ela conhecia bem Paris à noite. Longe do obelisco da praça de la Concorde ou da Champs-Élysées, Blanche percorria a capital real. Subia a rua de Bièvre, des Trois-Portes, a rua Frédéric-Sauton e entrava nos cafés da praça Maubert, onde dezenas de homens e mulheres também dormiam, a cabeça curvada sobre braços dobrados. Era assim: o vinho aquecia e confortava. Blanche abria caminho no meio daquela massa humana indiscriminada. A imagem às vezes a perturbava. Alguns se acostumavam, mas não ela. Logo depois vinham as pontes próximas a Notre-Dame, a margem direita, as vielas escuras e estreitas do bairro des Halles. O *ventre de Paris* abrigava em seu seio obscuro cantinhos em que o sofrimento se espremia em meio ao frio e à sujeira.

A empatia continuava lá, não a abandonara. Blanche era um amplificador para divulgar o sofrimento dos outros. Ao entrar em contato com ele, ela reverberava, se multiplicava. A delegada tinha dificuldade de dormir em uma cama porque sabia que algumas pessoas dormiam ao relento. Quando elas sentiam frio, Blanche também estremecia.

As mulheres a afetavam de maneira particular. Eram suas *irmãs das ruas*, suas *slum-sisters*, como diziam os ingleses. Blanche se reconhecia em todas elas. Via outra versão de si, uma maltratada pela vida. Uma que gostaria de consertar. Um *frasco quebrado*.

* * *

    Ela se lembrava da prostituta que tinha encontrado no bulevar de la Villette, quando ainda era uma jovem oficial recém-alistada. Sentada em um banco, com o vestido rasgado, a mulher chorava. Abalada pelo desespero dela, Blanche havia se aproximado e, em um impulso, a abraçara. Não tinha mais nada a oferecer além daquilo, aquele abraço, aquele gesto irrisório e imenso que significava *estou aqui com você*.

    Blanche estava com eles. Naquela noite gelada, ela continuou a ronda entre os sem-teto. Albin ficaria irritado ao vê-la voltar pela manhã, tossindo muito e exausta. Não importava. Ela sabia que seu lugar era ali, não em uma cama. O cortejo da sopa parou em um quarteirão do oitavo distrito, desfigurado pela pobreza. Blanche se aproximava de um alojamento improvisado quando, de repente, um choro soou no escuro. Ela sentiu um arrepio. Como havia posto seis filhos no mundo, sabia reconhecer o grito de um recém-nascido. Podia jurar que aquele não tinha mais de um mês. Ela abriu caminho entre os papelões e as chapas onduladas e encontrou, em um colchão no chão, um pequeno corpo tremendo de frio. A jovem mãe estava ao lado dele, pálida, de uma magreza assustadora. Estava dormindo na rua desde que dera à luz, confessou ela, tossindo. Blanche pegou a criança para aquecê-la. Era preciso levá-la ao hospital urgentemente, disse. Eu vim de lá, respondeu a jovem mamãe. Não tem mais vaga.

    Blanche decidiu levá-la ao centro de acolhimento de Fontaine-au-Roi, um abrigo para mulheres que ela e Albin tinham fundado alguns anos antes. Situada nos fundos de um beco, a casa era aquecida e tinha mais de duzentas camas. Nela, havia funcionárias de lojas, mascates, vendedoras de jornais, operárias sem família, domésticas sem emprego, além de mulheres do interior que haviam acabado de chegar a Paris, atraídas pelo milagre da capital. Todas tornaram-se vítimas da crise de habitação, cuspidas pela cidade em suas calçadas geladas.

Quando Blanche e a jovem mãe chegaram à entrada do centro de acolhimento, o lugar estava lotado: o abrigo vinha sendo tomado de assalto, explicou a comandante do Exército que o dirigia. Findava sendo obrigada a recusar acesso a centenas de mulheres todas as noites. *Foram duzentas e quinze ontem.* Seriam necessárias duas ou três casas como aquela para dar conta de todas. A jovem mãe estava pálida, o bebê voltara a chorar. Na rua, uma pedinte que se afastava por não ter conseguido uma cama disse, apontando para a criança: *Agora basta você jogá-lo no esgoto.*
Blanche nunca mais esqueceria aquela frase. Aquelas palavras passaram a assombrá-la.

Da bolsa e dos bolsos, ela tirou as moedas e notas que conseguiu encontrar e as entregou à jovem mãe. Era o suficiente para pagar algumas noites em uma pousada aquecida. Blanche sabia que aquela esmola era uma solução tão temporária quanto ilusória. A coitada acabaria voltando para o acampamento do oitavo distrito com o bebê. Enquanto a observava se afastar, com o recém-nascido nos braços, Blanche sentiu que perdia as forças. Toda uma vida de luta para chegar àquela situação. Então sua dedicação não tinha servido de nada? Tantos anos lutando, acreditando no Exército... Por quê? Para que continuar?

Quando uma criança morria de frio, ela sentia que jamais seria capaz de salvar toda a humanidade. Era um fracasso, um fiasco, a derrota mais cruel que já tivera de enfrentar. Ela, que queria tanto mudar o mundo! Que vaidade! Suas ações eram ínfimas, apenas uma gota em um oceano de tristeza. Naquele instante, tudo lhe pareceu inútil e vão.

Dormente, Blanche se sentou em um banco. O dia nascia. Seus membros estavam tão dormentes pelo frio que ela não sentia mais as mãos nem os pés. O desânimo que a invadiu foi tamanho que não tinha forças nem para voltar para casa. Ficou observando um vendedor ambulante instalar seus jornais no amanhecer gelado. Não tinha nem dezesseis anos. Pobre coitado, pensou Blanche. Vai passar o dia exposto ao frio, sabe lá Deus onde dormiu. Existem milhares como ele. Ela pensou nos próprios filhos, a maioria já alistada no Exército. Que utopia... Devia ter feito todos desistirem.

Blanche se aproximou e entregou ao jovem vendedor um pedaço de pão que tinha guardado na bolsa, último vestígio da Soupe de Minuit.
O menino a encarou com um ar surpreso. Então pegou o pão e o devorou com empolgação. Blanche se sentiu afetada por seus traços juvenis, pelo resto de inocência em seus olhos, o último resquício da infância. A vida ainda não o destruiu, mas isso vai acontecer, pensou, amarga. O menino sorriu com os lábios secos e lhe estendeu um jornal para agradecer. Blanche não quis. *Fique com ele. Vai poder vendê-lo.* Ele insistiu. Não era pedinte. Sob as roupas baratas, era orgulhoso. Emocionada, Blanche aceitou o jornal, antes de se afastar.

* * *

Ela voltou para o apartamento, exausta. O dia já havia nascido. Albin também tinha percorrido a cidade a noite toda. Voltara ao amanhecer e se deitara. Blanche sabia que não seria capaz de pegar no sono, era inútil tentar. Foi até a cozinha e preparou um café. O líquido aos poucos aqueceu seus membros dormentes. Ela pousou o jornal na mesa e o folheou com um ar indiferente, pensando na jovem mãe e seu bebê. Por quanto tempo conseguiriam aguentar o frio? Quantas vítimas aquele inverno faria? Quantos homens, mulheres e crianças morreriam por não conseguir encontrar um abrigo, assim como as duas irmãs de vinte e quatro anos que foram encontradas sem vida em um campo em Nanterre? Blanche as conhecia bem. As duas gêmeas tinham acabado de ser expulsas e não sabiam para onde ir. Nunca haviam ficado separadas na vida. Tinham morrido juntas, na neve, em uma noite gelada.

Com os dedos escurecidos pela tinta do jornal, Blanche virava as páginas, distraída. De repente, algumas palavras chamaram sua atenção: "O escândalo de Charonne... E há pessoas morrendo de frio." Blanche parou e pousou a xícara de café.

Albin acordou. Ouviu barulho na cozinha. Levantou-se e encontrou a mulher de pé, agitada; visivelmente Blanche não havia dormido naquela noite. Sem parar para lhe dar um beijo, ela entregou o jornal a ele, animada.
Leia isto, pediu. *Leia isto e se vista.*
Vamos sair.

Capítulo 12

Paris, hoje

Uma aula de zumba! Diante de Binta, Solène tentou protestar: ela nunca tinha feito aula de dança alguma, não tinha ritmo algum e era dura como um cabo de vassoura. Mas as tias não lhe deram escolha. Quando Binta decidia uma coisa, ninguém discutia. Solène argumentou que não tinha roupa, que não conhecia os movimentos nem os passos.

Você vai!, respondeu Binta, encerrando a discussão. *Vai fazer bem a você.*

Emprestaremos umas roupas, acrescentou a mulher dos dois euros, entregando uma *legging* a ela. Binta lhe passou uma camiseta, provocando risadas entre as amigas: *É melhor ela usar uma da Sumeya! Ela é dez vezes menor do que você!* Todas riram. Binta deu de ombros, ignorando a brincadeira. *Não queremos ser magricelas igual a você! Venha passar um mês aqui com a Tia*, reiterou a primeira. *Ela vai preparar biscoitos e* futti, *com certeza você vai ganhar alguns quilos!*

Então Solène se deixou arrastar. Ela escreveria a carta para Khalidou depois. Fosse como fosse, não estava bem o bastante para fazer aquilo naquele dia.

A aula de zumba é oferecida uma vez por semana no ginásio do Palais. É aberta aos moradores do bairro e aos residentes, seguindo o princípio de integração defendido pela diretora. Alguns funcionários também participam, inclusive a jovem da recepção. A pequena Sumeya, depois de voltar da escola, assiste à aula lanchando ao lado de Viviane, a tricoteira, que não dança, mas fica sentada em um canto da sala, com as agulhas na mão. Parece gostar da música e do clima da aula.

Binta apresenta Solène ao professor de dança. Fabio tem vinte e sete anos, corpo de atleta e um sotaque brasileiro muito charmoso. Jovem e bonito, pensa Solène. Infelizmente, ela não vai chamar atenção hoje, vestida com uma calça fluorescente e uma camiseta enorme, que pende sobre ela como uma camisola. Fabio a recebe calorosamente. *Não estamos aqui para julgar*, explica ele. *Só para nos divertir.* Nada de tristeza. Deixe as preocupações no vestiário.

Solène se posiciona no fundo da sala, mas Fabio a faz voltar para a primeira fila. *Vai ficar mais bem situada aqui na frente.* Ela obedece, morrendo de vergonha. Ele conecta o iPhone aos amplificadores e uma música da Rihanna começa a tocar. Em um segundo, o som preenche todo o espaço. É um *hit* ritmado, empolgante, que fala de diamantes e da possibilidade de escolher ser feliz. *Veja a gente, veja a gente brilhar no céu, veja como somos bonitos, tão vivos*, diz a cantora em inglês. Solène não tem tempo para ouvir a letra porque tenta acompanhar, de algum modo, os movimentos de Fabio. O jovem deu início a uma coreografia endiabrada. Sua energia é comunicativa. Ele parece uma pilha que foi recém-carregada.

Solène está perdida. São passos demais, sequências demais. Tudo é novo, tudo é muito rápido. Ela ainda não terminou um movimento e Fabio já passou ao seguinte. O exercício exige ritmo, coordenação e certa entrega. Ela não tem nenhuma das coisas. À sua volta, as tias o acompanham como se já estivessem acostumadas. Solène sua, sem fôlego. Não consegue fazer aquilo.
Não se preocupe, diz Fabio entre duas músicas. *É só questão de treino. Concentre-se nos pés. Depois a gente vê os braços.* Solène concorda e continua. Não pode fraquejar na frente das tias. Elas a levaram até lá. Não é pouca coisa. O convite para participar da aula é como uma ordenação. Um gesto que significa que ela tem o direito de estar naquele lugar.

Por isso, Solène não desiste.

Com os olhos vermelhos por ter chorado demais, os cabelos embaraçados, sem fôlego, suando, quase tendo um infarto, vestida como um espantalho, ainda assim Solène continua tentando. Começa até a sentir uma estranha sensação de bem-estar, a se deixar contagiar pelo entusiasmo do ambiente. Está com a música e Fabio, com as tias e com a pequena Sumeya, que bate palmas, seguindo o ritmo. Está ao lado da tricoteira, cujas agulhas se agitam também no ritmo. Solène sorri. Está virada do avesso, mas está viva. Ela sente o coração bater com força, os tímpanos vibrarem, o sangue fluir para braços e pernas e cada cantinho do corpo. Todos os músculos estão contraídos. Está com câimbra em todos os lugares, sente dor em pontos que nem sabia que existiam. Parece que está saindo de longos meses de torpor, como um urso-polar expulso da toca. Como a Bela Adormecida acordando depois de cem anos.

Ela salta, bate as mãos e os pés, mexe as pernas e os braços, se sacode, se perde, se acha, recomeça. Solta-se na música junto com as tias, e a dança, de repente, é como um grande chute na tristeza, uma banana para a miséria. Não há mais mulheres mutiladas ali, nem viciadas, nem prostitutas, nem ex-sem-teto — apenas corpos em movimento, que se recusam a se entregar à fatalidade. Corpos que berram para expressar sua fome de viver e continuar. Solène está ali, entre todas as mulheres do Palais. Ela está ali, dançando como nunca dançou.

A aula termina com uma série de gritos e aplausos. Solène está em transe. Não tem a menor ideia de quanto tempo passou. Uma hora ou duas, ela não sabe.

Quando o silêncio se faz, a sala se esvazia em um segundo. As tias seguem para os outros andares, as funcionárias e as não residentes deixam o ginásio. Binta leva Sumeya, a tricoteira junta seus novelos e vai embora. Fabio também se afasta. Solène não tem nem tempo de devolver a roupa que as tias emprestaram. *Pode devolver da próxima vez*, diz a jovem recepcionista, ajustando o lenço discreto que cobre seus cabelos. *Para uma iniciante, você foi muito bem.* Solène sorri. Sabe que não é verdade, mas a consideração da jovem a afeta. Seu rosto demonstra uma gentileza que inspira simpatia. Elas nunca haviam tido a chance de se apresentar de verdade nem de conversar.

Eu me chamo Salma, acrescenta a jovem funcionária, estendendo a mão para ela. Solène a cumprimenta, encantada.

As duas seguem juntas para o saguão, mencionando as prováveis dores que sentirão no dia seguinte. Salma confessa que, depois das primeiras aulas, teve dificuldade para caminhar durante dois dias. Ela então aponta para um pequeno restaurante japonês, bem em frente ao Palais. Ela e algumas colegas têm o costume de se encontrar ali, toda semana, depois da zumba. Não é alta gastronomia, 7,50 euros por um combo de espetinhos ou sushis, mas o lugar é calmo, e a proprietária, simpática. Se ela quiser...

Solène hesita. A noite acaba de cair. Ela pensa em sua casa, onde ninguém a espera. Não está com vontade nenhuma de voltar. Precisa de um pouco de calor humano depois daquele dia interminável. Não é sempre, pensa, que esbarramos com o grande amor da nossa vida na rua, compramos meias para bebês sem motivo algum, caímos no choro nos braços de uma desconhecida e fazemos a primeira aula de zumba no meio de tias.

Ela aceita a proposta de Salma. Não põe os pés em um restaurante há meses, mas se sente capaz de fazer isso naquele dia.

E quem sabe? Talvez ela até faça amigas.

Capítulo 13

Ficam até tarde conversando no restaurante japonês. As colegas de Salma se chamam Stéphanie, Émilie, Nadira e Fatoumata. São assistente social, pedagoga, secretária e contadora do Palais. Confessam que saboreiam aquele momento de descanso depois de dias de trabalho duro. Entre as paredes do Palais, tudo é mais intenso. A vida bate mais forte, as emoções são multiplicadas. A falta de tudo e a miséria deixam a relação entre as residentes e as funcionárias mais tensa. Algumas personalidades são difíceis de administrar.

Acabam falando de Cynthia — *sempre acabamos falando de Cynthia*, confessa Salma. Cynthia, a irritada. Solène se lembra dos gritos no grande saguão. Houve outro incidente hoje, diz Stéphanie, suspirando. Cynthia esvaziou toda a geladeira compartilhada da cozinha do segundo andar e jogou tudo fora. Não sabemos mais o que fazer com ela, continua a moça. Ela já recebeu várias punições. Na próxima, pode ser expulsa. Mas a exclusão, naquele caso, tem consequências pesadas. É um fato muito raro na história do Palais, cuja vocação é acolher, não rejeitar.

A maioria das mulheres que vive nele só tem um sonho: ter uma casa. Morar em um abrigo não é uma escolha, mas uma necessidade. Um mal menor. Uma sala de espera para uma vida melhor. Uma espera que pode durar muito tempo, às vezes anos. No entanto, algumas têm dificuldade de se desapegar do Palais. Por exemplo, após oito anos de batalhas administrativas, uma residente finalmente conseguiu o apartamento pelo qual esperava. Mas, desde que foi para lá, ela volta ao abrigo todos os dias. No bairro novo, ela não conhece ninguém. Sente-se sozinha e entediada. Ali, diz ela, sempre tem alguém para conversar. E além disso tem as aulas, as atividades, as funcionárias. Tem gente, tem vida.

Salma é testemunha disso. Morou por muito tempo no Palais antes de ser contratada como recepcionista. Chegou à instituição ainda criança, com a mãe, fugindo da guerra no Afeganistão. Ainda se lembra do dia em que entrou no abrigo pela primeira vez. Ela se aproximou do grande piano de cauda, fascinada: nunca tinha visto aquele instrumento. Estendeu a mão e apertou uma tecla. Um som forte ecoou por toda a sala. Na mesma hora a mãe pediu que ela parasse, mas a diretora lhe disse, usando as poucas palavras em pastó que havia aprendido: *Deixe. Ela pode tocar.* E acrescentou: *Esta é a casa de vocês agora.*

A menina acabou crescendo entre o piano de cauda e a quitinete designada a elas. Quando chegaram, nem Salma nem a mãe falavam francês. Para aprender a ler, a criança tentava decifrar as placas dos quartos de seu andar. Em cada porta, está escrito o nome de um fundador ou uma citação. Salma acabou decorando todas. Também guardou o nome de ruas dado aos corredores para que se localizassem. O Palais se tornou seu parque de diversões e sua casa, um campo de exploração incrível.

Ela menciona com carinho Zohra, a faxineira para quem corria sempre que a mãe lhe dava broncas. Zohra sempre a consolava com algumas *ghoribas* que tirava da blusa, bolachas amanteigadas que Salma adorava. Ela se lembra das tatuagens de hena que decoravam sua testa, seu queixo e suas mãos e que, segundo Zohra, a protegiam de maus-olhados. A mulher ainda trabalha no Palais. Com quarenta anos de serviço, é a funcionária mais antiga da instituição e conhece todo mundo. Zohra é basicamente a memória do abrigo. Ouve confidências de todas, fala pouco, mas sabe escutar. Diz que, com todas as lágrimas que viu correr, poderia encher uma piscina. Ela também é chamada para resolver conflitos. Zohra nunca toma partido, mas é sensata e prudente. Ao entrar em contato com ela, mesmo as mais cabeças-duras acabam se acertando. Dali a alguns meses, vai se aposentar. Com sua partida, uma página da história do Palais será virada e um pouco da infância de Salma também se perderá.

Em árabe, Salma significa "inteira, em boa saúde". Ela diz ter orgulho daquele nome e conta como, em seu país, as mulheres são despojadas de identidade. Na sociedade afegã, pessoas estranhas à família não têm o direito de conhecer o nome das mulheres. Elas devem ser chamadas pelo nome do homem. São "a mulher de", "a filha de", "a irmã de". Em caso de dúvida, são chamadas de "tia". As afegãs não têm vida própria no espaço público. E essa tradição persiste especialmente no interior, onde vivem três quartos da população. Em todos os cantos, as mulheres lutam para ter a identidade reconhecida. Exigem seu direito de existir.

Ali, Salma não é filha nem irmã de ninguém. É apenas *ela*, Salma. Alguém que se mantém de pé sozinha, e isso a deixa feliz. Ela se sente grata ao país que a adotou.

Depois de dez anos morando no Palais, Salma tem um status diferente. Agora ela é funcionária.

Assistente-par é o termo oficial, como são chamadas as pessoas iguais a ela. Segundo as palavras da diretora, Salma tem "um conhecimento experiencial", uma expressão complicada para dizer que ela entende os tormentos da emigração, a precariedade e a perda de raízes. Sua experiência tem valor, disse a diretora — e aquela ideia surpreendeu Salma. Ela propôs que a moça fizesse uma formação, ao final da qual ela assinou um contrato. O primeiro de sua vida.

Hoje, Salma não mora mais no Palais. Ela tem um apartamento, um emprego e um salário. Tem consciência da chance que ganhou. Faz parte de um mundo invejado, o mundo das pessoas que trabalham, ou seja, que são úteis, necessárias para o bom funcionamento da sociedade.

Conta que é difícil dizer o que sente quando se senta atrás do balcão de fórmica da recepção. Ele é igual ao que era quando ela chegou ali. O saguão não mudou muito.

Contém a programação das atividades e as poltronas destinadas às recém-chegadas. Ela se vê sentada ao lado da mãe, vinte anos antes, com apenas a mala que tinham conseguido salvar durante a travessia. Uma viagem que havia durado meses. Estavam exaustas.

Agora é ela quem mantém o alto nível. Ela quem cuida das chegadas e das partidas. Acolhe, orienta e escuta, como foi acolhida, orientada e escutada. No Palais, é apreciada por todas. Conhece cada mulher ali. Aquele lugar a salvou. Ela gostaria de devolver tudo que lhe foi dado.

É ela agora. É, é ela, diz Salma com orgulho, a guardiã do Palais.

Capítulo 14

Naquela noite, Solène não consegue dormir. Emoções demais, pensamentos demais se agitam dentro dela. Pensa no que Salma disse ao deixar o restaurante japonês: às vezes é difícil fechar a porta do Palais. *Sempre levamos conosco alguma coisa daqui.*

Solène pensa em Binta, em Sumeya, em Cynthia, em Cvetana, na tricoteira, na Dama das Sacolas. Em Salma. Não sabe o que fazer com tudo aquilo, com aquelas vidas feridas, aqueles caminhos destruídos, aqueles sofrimentos que lhe foram confiados. Como se libertar deles agora? Como esquecer? Como continuar vivendo como se não fossem nada?

Pensa em tomar os remédios para dormir, mas muda de ideia. Não vai ceder ao chamado dos soníferos. Não naquele dia. Ela se levanta e acende a luz. Já que não vai dormir, é melhor escrever. Longe, muito longe dali, na Guiné, um menininho espera notícias da mãe. Solène prometeu aquela carta a Binta. Ela lhe deve aquilo. Não quer decepcioná-la depois do que as duas compartilharam.

Decide não usar o computador. A ferramenta não lhe parece apropriada. Existem cartas que devem ser escritas à mão, ditadas pelo coração.

É, sem dúvida, a tarefa mais difícil que já lhe foi confiada. Até ali, ela não havia entendido o sentido mais profundo de sua missão: *escriba*. Apenas agora a compreensão a atinge. Emprestar sua pluma, sua mão, suas palavras a quem precisa, como um traficante que distribui sem julgar.

Um traficante, é isso que ela é.
Binta foi levada para longe da Guiné. É dever de Solène levá-la de volta ao país que deixou, devolvê-la a seu filho por meio de algumas palavras.

Em alguns gramas de papel, há o volume de uma vida. É pesado e leve ao mesmo tempo. Não é pouca coisa, pensa Solène, ser responsável por aquela tarefa. Pensa na confiança que Binta depositou nela ao contar sua história. Solène tem de ser digna dela. Não sabe como, mas vai desempenhar aquela função com toda a sinceridade, toda a inteligência e sensibilidade que a natureza lhe deu. Vai encontrar as palavras, mesmo que tenha de trabalhar a noite toda.

Ela se lança sobre o papel como um mergulhador do alto de um rochedo. Escreve, rasura, risca, retoma. Não sabe como falar com uma criança de oito anos, tem uma falta cruel de experiência com isso. Tenta imaginar Khalidou, deduzir os traços de seu rosto a partir de sua mãe e de sua irmã caçula. De repente, ela o vê. Ele está ali. Ao seu lado. Solène sussurra palavras no ouvido dele, bem baixinho. Diz que a mãe o ama. Que ele é seu tesouro, seu orgulho. Que eles vão se reencontrar um dia, ela promete. Conta sua história a ele, a história que ainda não acabou, e afirma que eles vão continuar se correspondendo, que ficarão juntos a distância, ele na Guiné e ela em Paris. Diz que está bem e Sumeya também. Que estão seguras ali. Diz que pensa nele, todos os dias, todas as horas, todas as noites. Que o imagina tornando-se grande, forte e bonito. Que sente falta de estar ao lado dele, mas que está ali, sempre, com ele, em pensamento.

Sempre, bem perto.

Enquanto escreve, um estranho fenômeno acontece. Solène *se torna* Binta. Ela *se torna* Khalidou. Como se, daquela carta, ela fosse tanto remetente quanto destinatário, misturados. É uma sensação estranha, que Solène não conhece: a de ser dominada pela vida dos outros, invadida, habitada.

Não é ela quem segura a caneta. Parece que alguém está debruçado sobre seu ombro, sussurrando o conteúdo da carta. As frases correm límpidas, evidentes, se sucedem e se encadeiam com rapidez impressionante. As palavras são ditadas a ela por uma musa invisível, uma entidade superior.

Solène nunca foi à África. Nunca foi mutilada. Nunca viveu a concepção nem a dor de abandonar um ser que carregou e criou. Nunca atravessou o Mali nem a Argélia, nunca se escondeu no porão de um cargueiro, com a filha encolhida junto ao corpo, sem comer nem beber nada por dias e noites seguidas. Não conhece o desespero, a angústia de o estômago embrulhar com a possibilidade de ser descoberta, mandada de volta. Ela desconhece o medo de morrer afogada na escuridão, no fundo daquelas águas geladas que viram morrer tantos outros antes dela.

Não viveu nada daquilo, daquela viagem que é uma luta, daquela vida em forma de sobrevivência.

Mas as palavras surgem. Impõem-se a ela como se a voz de Binta se misturasse à sua. É um canto estranho, uma imposição em forma de ditado, uma transfusão de almas em que Solène tanto dá quanto recebe.

O dia já está nascendo. Pela janela, surgem os primeiros raios da manhã, colorindo o céu e os telhados. A carta está pronta. Nasceu sozinha, uma abiogênese de papel. Solène se sente cheia e ao mesmo tempo vazia. A carta tem dez páginas. Uma carta-rio, cuja fonte surge em Paris para se lançar na baía de Sangareya, perto de Conacri, onde mora a família de Binta.

Dez páginas para o amor de uma mãe. Ao menos isso era necessário, pensa Solène adormecendo naquela manhã.

Ao menos isso, para Binta.

Capítulo 15

Paris, 1925

Sentado diante de uma xícara de café, Albin analisou o artigo publicado em 28 de novembro, no jornal que Blanche lhe havia entregado. Leu as frases em voz alta:

"Um imóvel imenso, situado em plena Paris, na esquina da rua Faidherbe, com 743 quartos, está abandonado há mais de cinco anos, enquanto a crise da habitação assola a capital de forma intensa (...). Ele pertence à fundação Lebaudy, que o construiu pouco antes da guerra para ser usado como hotel para homens solteiros. A prefeitura pensou em adquiri-lo, mas teve de desistir por causa do preço pedido e do alto valor a investir na reforma. Outros projetos também nasceram de outros setores da prefeitura de Paris, mas nenhum foi realizado..."

Impaciente, Blanche tomou o jornal das mãos dele e continuou, animada:

* * *

"...743 quartos, todos com janelas, divididos entre cinco andares, com um grande saguão de entrada, uma recepção espetacular, lavabos, banheiros completos, cozinhas enormes bem-arrumadas (...). Desde o fechamento, o local chegou a abrigar os escritórios do Ministério das Pensões, mas hoje está vazio..."

Ela ergueu os olhos para Albin. Ele conhecia aquela expressão no olhar dela. Sabia exatamente as palavras que Blanche diria.

Vista-se. Vamos sair.

Mas Albin não se mexeu. Blanche tossia, estava exausta por causa da ronda noturna, não havia dormido. Ele não ia deixá-la sair naquele estado, não daquela vez. Entendendo que precisaria vencer a resistência do marido, Blanche se sentou ao lado dele e contou a noite que tivera, a jovem mãe, o recém-nascido no frio, as palavras da pedinte. Explicou a sensação de desânimo que a havia dominado. Com aquele artigo, ela havia recuperado tudo: a fé, a coragem, a energia. O vendedor de jornais não tinha estado ali por acaso, sussurrou. Ele fora um sinal do destino. Blanche tinha fé correndo nas veias. Aquele artigo no jornal era um chamado, uma convocação do céu. Uma missão que Deus lhe confiava.

Um hotel, vazio, em Paris! Blanche tinha os olhos ardentes de febre, mas se mantinha de pé, reta, diante de Albin. Era preciso comprar aquele imóvel e abrigar todas as mulheres sem-teto de Paris nele.

O marido a encarou, inquieto: a febre estava fazendo a esposa delirar. Comprar aquele imóvel? Valia milhões! O resto do artigo confirmava isso: *"O subsecretário de Estado do Correio gostaria de instalar a sede da instituição ali, mas o preço o fez desanimar."* Nem a prefeitura de Paris tinha dinheiro para pagar! Como poderiam...?

Blanche se irritou: *São milhões, e daí? O que é um milhão? Mil vezes mil francos, dez mil vezes cem francos, cem mil vezes dez francos. Se for preciso ir procurar dez francos cem mil vezes, é isso que eu vou fazer!*

Albin sabia que ela estava falando a verdade. Blanche era um tanque de guerra. Quando colocava uma ideia na cabeça, nada podia pará-la. Já haviam lutado várias batalhas, e não tinham sido pequenas. A opinião pública finalmente começava a levá-los a sério. Tinha parado de considerar o Exército uma seita inglesa ridícula. Os detritos jogados neles no início eram apenas lembranças obscuras. A hostilidade transformara-se em curiosidade. Uma era de movimento havia começado. Políticos e homens em altos cargos públicos queriam ajudar as iniciativas deles. Com perseverança, os Peyron haviam conquistado Paris. Paris, a indomável, acabara cedendo depois de tantas investidas.

Mas Blanche não se satisfazia com aquelas vitórias sobre a fome e o frio. *Não é o suficiente*, dizia ela. *Nunca é o suficiente.* Uma ação devia suceder a outra, como pedaladas em uma bicicleta. *O sofrimento acaba? Não. É por isso que não podemos parar.*

Faltava um lugar para as mulheres, explicou ela, um lugar reservado exclusivamente para elas. O Refuge de la Fontaine-au-Roi não era grande o bastante. Elas eram milhares, sem teto nem abrigo, isso apenas na cidade de Paris. Todas eram candidatas a agressões, à prostituição. No início do século, o historiador Georges Picot já tentava alertar a opinião pública para o assunto. *Há mil camas honestas para cem mil mulheres abandonadas!*, clamava ele. Desde então, nada mudara. *Nós vamos aceitar essa situação?*, perguntou Blanche. *Aquele bebê na neve é nosso filho, todas as crianças são. Se quisermos protegê-los, temos de ajudar as mulheres que dão vida a eles. Essa é a grande prioridade.*

Albin conhecia a realidade que ela descrevia. Tinha visto aquelas mulheres e seus filhos reduzidos à miséria em avenidas varridas pelo vento. Conhecia o desespero, a fome das mães que caminhavam pela cidade, o estômago vazio depois de ceder o único pedaço de pão que tinham aos filhos. Naquela crise interminável de habitação que assolava o país, as mulheres não eram poupadas. Estavam na linha de frente, eram as primeiras a serem sacrificadas.

Comprar aquele hotel era uma loucura, Blanche sabia disso. Mas não seria a primeira maluquice dos Peyron.

Não era a iniciativa em si que assustava Albin, e sim a saúde de Blanche. Ela sofria de uma infecção pulmonar que vinha piorando, além de um princípio de surdez e crises de enxaqueca incapacitantes. Sentia dor nos dentes, nos ossos. O ciático a deixava de cama regularmente. Uma vida inteira de luta salvacionista, na lama e no frio, deixara suas marcas. Blanche não reclamava. Tinha a elegância de sofrer em silêncio. Quando, anos depois, o dr. Hervier lhe anunciaria, abalado, um câncer generalizado, ela não contaria nada a ninguém. Manteria aquilo em segredo e continuaria a lutar, sem fazer barulho, como sempre se comportara.

Mas naquele momento ela estava de pé, na cozinha, dispensando todas as objeções de Albin. Lembrou-o do compromisso que haviam assumido, o voto em comum de fazer do Exército uma *"grande rede de salvação cuja malha seria fina o suficiente para que ninguém escapasse"*. A malha ainda era frouxa demais, sussurrou ela. Estava deixando mulheres e bebês passarem. Albin acabou cedendo. Em troca de uma enésima promessa de procurar um médico, Blanche obteve o consentimento dele: certo, visitariam o tal hotel naquele dia.

Chegaram à margem direita do Sena de bonde, subiram a rua Faidherbe a pé e pararam na esquina com a rua de Charonne. Blanche ergueu os olhos na direção do enorme prédio que dominava o cruzamento. A fachada monumental de tijolos se erguia acima das casas do bairro. Parecia uma fortaleza, uma cidadela.

Os dois subiram a escada que levava à porta principal, onde os aguardava um representante da fundação Lebaudy. Quando Albin havia telefonado, uma hora antes, a pessoa que atendera ficara surpresa. Fazia meses que ninguém se interessava pelo prédio, considerado caro e grande demais. Um funcionário fora mandado na hora para realizar a visita.

Após o representante, os Peyron entraram no saguão. Blanche ficou encantada com a claridade do lugar. Dotado de uma claraboia zenital, era vasto e iluminado. Um céu azul-aço tinha surgido após as nuvens fofas da véspera.

Raios de sol vinham salpicar o piso sob os pés deles. De fora, não se ouvia barulho algum, como se o restante do mundo tivesse desaparecido. Blanche foi tomada por uma sensação de serenidade. Sentiu que podia passar a vida ali, naquele saguão banhado pelo silêncio. Uma vida inteira rezando.

O representante parecia com pressa para começar a visita. Ele os fez atravessar salas de reunião, um salão de chá e uma biblioteca. Blanche observou o revestimento das paredes, os pisos de mosaico que complementavam as paredes e os tetos. Todos os cômodos continham janelas largas. Tudo era decorado com bom gosto. Acabaram em um imenso salão de festas — que podia receber quase seiscentas pessoas sentadas, explicou o representante, e mil de pé. Blanche ficou encantada. Ela se pegou imaginando o que aquele espaço poderia acolher: um restaurante popular, aberto aos mais pobres e aos moradores do bairro. Uma cantina gigantesca para receber os desfavorecidos. O lugar também poderia ser usado para organizar festas de Natal, uma comemoração para a qual seriam convidados todos aqueles que não tinham como festejar.

O representante os conduziu até uma grande escada que levava aos outros andares. Centenas de quartos se sucediam ao longo de corredores intermináveis, em torno de dois pátios internos — um verdadeiro labirinto, pensou Blanche. Seria necessário dar nome aos corredores para que as pessoas se localizassem. O prédio era uma cidade. Uma cidade no meio de Paris.

Por fim, chegaram ao telhado, transformado em terraço. Blanche perdeu o fôlego diante da vista. Do alto, avistaram o traçado das avenidas, as estações de trem, as igrejas, os monumentos. Paris se estendia diante de seus olhos, como um mapa aberto. Imersa no espetáculo da capital a seus pés, Blanche apenas prestava uma atenção distraída às explicações do representante, que havia começado a contar a história da construção. Erguido em 1912 pela Fundação Lebaudy, cuja vocação era garantir alojamento decente para trabalhadores pobres e operários, o hotel tinha sido esvaziado em 1914, na época do alistamento. Fora então transformado em hospital de guerra e voltara a receber seus antigos pensionários, então feridos e à beira da morte.

Blanche estava distante, perdida em pensamentos. Aquele lugar era incrível, mas caro demais. A reforma custaria tanto quanto a compra do prédio. Ao todo, seria necessário angariar sete milhões de francos. O Exército não tinha esse dinheiro. O problema é que o hotel era o lugar perfeito para dar vida a seu projeto. Como realizar aquela façanha? Blanche estava dividida, oscilava entre o entusiasmo e a dúvida.

A visita ia terminar. O representante conclui seu discurso. Levando-os até a saída, explicou que o edifício tinha sido construído no terreno de um antigo convento das Irmãs da Santa Cruz, freiras dominicanas contemplativas, responsáveis pela educação de meninas. A ordem havia sido dissolvida no início do século, as religiosas foram expulsas, e o convento, fechado, por causa da aplicação da lei que proibia o ensino congregacional. As construções haviam sido todas demolidas: além do monastério, o terreno continha uma capela, uma horta e um cemitério. Blanche voltou ao presente. Uma imagem veio à sua cabeça. De repente, ela as viu, aquelas mulheres que viviam em comunidade, aquelas irmãs expulsas, afastadas. Elas estavam ali, diante dela, rezando no fundo de sua cela, sob os arcos da capela, no meio da horta. Estavam ali, enterradas sob os pés deles, sob as fundações do hotel que visitavam no presente. Sua alma e seu espírito assombravam aquelas paredes. Cada pedra ecoava com as vozes delas. Blanche podia senti-las, ouvi-las. Estavam ali.

No mesmo instante, suas dúvidas desapareceram. Blanche percebeu naquele momento que era ali que haveria de realizar seu projeto. Aquele espaço pertencia às mulheres. Ela devolveria o que lhes tinha sido roubado.

Vamos conseguir o dinheiro, disse. *É, nós vamos conseguir, mesmo que eu tenha de perder a saúde.*

Aquele lugar não era um hotel. Era um palácio.

Capítulo 16

Paris, hoje

Binta escuta, os olhos semicerrados. Não faz nenhum comentário. Deixa as palavras se encadearem, como pais-nossos em um terço.

Sentada ao seu lado, Solène lê em voz baixa as folhas que redigiu. No silêncio da noite, as palavras lhe vieram, surgiram do nada, fluíram às centenas, aos milhares, se agitando, correndo em frases inteiras pelo leito do papel. Não precisou fazer muita coisa. Deixou apenas que fluíssem, contentando-se em ordená-las, em ensinar a elas as expressões corretas, as boas maneiras, já que algumas hesitavam em entrar na fila. Khalidou não podia ficar com medo ao vê-las. O pai dele não podia rasgar a carta.

Agora estão apresentáveis. Solène sente orgulho delas, como sentiria dos filhos um pouco agitados ao prepará-los para uma cerimônia. Suas palavras são bonitas, ali deitadas sobre o papel. Ela está feliz por poder acompanhá-las, por entregá-las ali, ao ouvido de Binta, no meio do saguão.

Um silêncio se segue ao fim da leitura. Binta não manifesta qualquer reação. Precisa de tempo, como se tivesse que entrar em uma câmara de descompressão após as palavras de Solène. São poderosas, são muitas. São mais fortes do que ela. Não são suas, mas ela as reconhece. Ela as entende.

Binta, por fim, ergue os olhos para Solène e simplesmente diz: *Ficou ótima*. Nada além daquilo, daquela frase reduzida à sua versão mais curta para dizer: *Eu gostei*. Você entendeu o que eu sinto e recompôs aqui, nestas folhas de papel, que agora vão voar na direção do meu filho, que vai tê-las entre as mãos, estas folhas que vão falar do meu amor, da minha dor, da minha tristeza. É um pouco do meu coração que está aqui, nas suas palavras, um pouco do meu coração que vou mandar para ele, graças a você.

Ficou ótima. Solène recebe aquela pequena frase como um grande presente. Ela não errou. Não falhou em sua missão, não traiu a confiança de Binta.

No entanto, falta um último detalhe. É preciso assinar a carta. Solène não quis fazer isso, não tinha o direito. Soube encontrar as palavras, mas o sentido pertence a Binta. Assinar uma carta não é apenas escrever o nome, é muito mais do que isso. É reivindicá-la, torná-la completamente sua. Apropriar-se dela.

Então Binta pega a caneta de Solène e escreve apenas uma palavra no fim da última folha: *Mamãe*.

Solène sente o coração apertar. Aquela palavra, sozinha, representa todo um mundo. Ela também está um pouco naquela palavra, naquele dia, escondida entre a tinta e o papel, como uma passageira clandestina. Não vai começar a chorar, não daquela vez. Está emocionada, mas se segura.

Está na hora de dobrar a carta e colocá-la no envelope. A própria Binta vai levá-la ao correio. Ela faz questão. Pouco antes de se separar dela, vai pousar nela um beijo, imenso e doce, parecido com o que deu na bochecha do filho, sem acordá-lo, na noite em que partiu. Um beijo que viajará até ele.

Com licença! Solène é brutalmente arrancada de seus pensamentos. Não tinha visto Cynthia se aproximar. Binta se levanta ao vê-la entrar e se afasta, com a carta na mão, para evitar uma nova discussão. A guerra entre Cynthia e as tias foi declarada há muito tempo.

Mas não foi Binta que ela veio procurar. Cynthia se aproxima de Solène e se senta. Tem uma coisa a pedir, declara. Não é uma carta. Bom, não uma carta de verdade.

É a primeira vez que Solène é oficialmente apresentada a Cynthia. Ela preferiria que Binta tivesse ficado a seu lado, aquela moça a assusta. Tem um jeito de falar, de se dirigir aos outros, que soa como um insulto, um xingamento. Parece uma panela de pressão a ponto de explodir.

Cynthia a encara, a testa franzida, antes de se explicar. Está brigando com a direção do Palais. Já faz tempo que pede para trocar de quitinete. Não aguenta mais o segundo andar, as tias, os carrinhos, as crianças gritando nos corredores, os *cooktops* estragados quase o tempo todo. Faz meses que come comida fria, que não dorme mais. Já reclamou mil vezes, mas suas críticas nunca adiantam. Ela não está em um hotel, respondeu a diretora. Ela não podia trocar de quarto assim. Depois que alguém sai, as quitinetes são pintadas e reformadas para as futuras residentes. Não podem estender as obras só por conveniência. Não adiantou Cynthia dizer que não precisava de uma quitinete nova, que só queria dormir em paz e que, na dela, não conseguia. Ninguém ouvia suas reclamações. Ponto final.

Um dia, ela vai sair dali, diz a Solène. Aquele lugar é o inferno. No Palais, tudo lhe parece pesado: a promiscuidade, a falta de liberdade, o regulamento que fixa os horários de visita, a vigia que a castiga a qualquer erro que cometa. Ali, nada é bom. Ela entrou em contato com a representante das residentes, que participa do conselho administrativo, mas não foi ouvida. Representante porra nenhuma! A moça não quer causar confusão, só isso. Todas ali têm medo de voltar para a rua, e aquele medo as torna covardes. Cynthia é a única que diz o que pensa em voz alta. Não está nem aí se as pessoas não gostam. Ficam tentando amordaçá-la com todo tipo de sanção. Suas visitas foram suspensas por um mês, sob o pretexto de ela ter brigado com uma das tias. Quem procura acha. Seja como for, Cynthia não está nem aí. Ela não recebe visitas. Não convida ninguém a ir àquele buraco podre, não, obrigada. Detesta todo mundo ali, menos Salma, da recepção, que é a única simpática.

Então era isso, se Solène pudesse falar com a diretora, isso ajudaria.
Ela vai ser ouvida.
Solène está sem jeito. Não sabe o que fazer com todo aquele mal-estar, aquela raiva que Cynthia joga na cara do

mundo todo como quem cospe um catarro. Salma tinha avisado que Cynthia pode ser violenta. Já chegou a quebrar tudo no saguão, depredando mesas e poltronas. É melhor não contrariá-la. Solène não está preparada para aquilo.

Por outro lado, não pode atender à demanda dela. Aquela luta não é sua. Não é preguiça, e sim discernimento. Solène é neutra e pretende continuar assim. Sabe qual é seu lugar ali; está apenas começando a encontrá-lo. Não tem nenhuma intenção de fazer uma revolução no Palais. Ela é uma caneta, não uma porta-voz. Todo mundo tem limites, e o dela é este.

Tenta explicar a Cynthia que pode ajudá-la a redigir uma carta para a direção, mas que não vai tomar partido na briga. O rosto de Cynthia se transforma. A boca se contorce em uma expressão que mistura raiva e desprezo.

Então você é igual a elas, lança ela. *Está aqui, mas não serve para nada. Por que vem aqui? Está entediada em casa e decidiu ver um espetáculo? A tristeza dos outros é bonita? Você gosta? Isso faz você ficar mais tranquila com a sua vidinha? Sua vidinha de merda no seu bairro chique? Você acha que redigir cartas ajuda a quem? Não é disso que a gente precisa! Você não tem ideia do que a gente passa aqui! Você só vem uma vez por semana. Para você, isso aqui é só um passatempo. Olhe só, tenho minha hora de miséria hoje! Sua consciência fica tranquila, depois você volta para casa, fecha a porta e esquece! Volte para o seu bairro chique e fique lá! Você não serve para nada! Ninguém precisa de você aqui!*

Ela termina o discurso dando um soco no MacBook de Solène, que desaba no chão. Salma corre para o saguão, atraída pelos gritos. Segue em direção às duas, mas é tarde demais. O mal está feito. Cynthia deixa o salão gritando impropérios.

A diretora também desce até o primeiro andar. Ela constata, estarrecida, a extensão dos danos. *Cynthia de novo?*, pergunta.
É, suspira Salma. *Cynthia de novo.*

Capítulo 17

A tecnologia moderna não resistiu ao ataque de Cynthia. O MacBook não liga mais. Envergonhada, a diretora prometeu a Solène que a administração pagaria pelo conserto. Solène não quis: não precisa do dinheiro do Palais. Conhece um técnico que pode resolver.

Afinal, existem coisas mais graves do que um computador quebrado.

Naquela noite, ela não está com fome. Não toca nos espetinhos nem nos sushis do restaurante japonês. Sentada a seu lado, Salma tenta acalmá-la. Ela não é a primeira a enfrentar a violência de Cynthia. No Palais, várias residentes já passaram por aquela situação.

Ali, todos conhecem a história dela. Abandonada ao nascer, Cynthia foi criada em famílias adotivas. Cresceu como uma erva daninha, sem amor nem estabilidade. Mandada para todo tipo de instituição, parou de estudar aos dezesseis anos. Ao fazer dezoito, acabou na rua, sem emprego, como a maioria dos jovens no caso dela. Dera o azar de esbarrar com as pessoas erradas e, infelizmente, a substância certa. A que a levaria para longe dos meandros de sua existência. Para consegui-la, Cynthia fez todo tipo de besteira. As que imaginamos e as outras também.

Então engravidou. Cynthia queria o bebê. Não tinha sido um acidente. Ela nunca tivera família, nunca fora amada. Precisava se apegar a alguém para dar um sentido à própria vida. Aquela criança era sua chance. Um novo começo. Um filho ia consertá-la, tapar suas fissuras, suas lacunas.

Pelo bebê, Cynthia decidiu parar de se drogar.

No entanto, quando ele nasceu, ela se sentiu indefesa. Foi invadida por uma sensação de ilegitimidade e impotência. Como ser mãe quando não se tem pais? Como dar o que não recebemos? Cynthia tinha um amor imenso, que transbordava dela, e também uma angústia, a qual dizia que ela não estava à altura do desafio. Os demônios de Cynthia voltaram a cercá-la. O pai do bebê foi embora.

Ela voltou a mergulhar nas drogas.

E, quando o juiz tirou a guarda de seu filho, ela desabou.

Hoje, Cynthia não toca mais nisso, jura estar sóbria. Tudo que quer é recuperar o filho. Ele tem cinco anos. Foi posto em um orfanato. Cynthia sabe exatamente o que isso significa. Não aguenta mais vê-lo uma vez por mês, naquela sala de visitas pintada com cores vivas, vestido com roupas que ela não escolheu, acompanhado por pessoas que ela não conhece. Não é ela quem lê histórias para ele à noite, não é ela quem o acalma quando ele tem um pesadelo. Ela não participa de nenhum momento importante da vida dele. E esse tempo perdido não será recuperado: ela nunca vai ver seus primeiros passos, a entrada no maternal, nem a primeira ida ao cinema.

Oitenta e quatro horas por ano. Ela contou. Isso é tudo que permitem que ela tenha com o filho. O orfanato fica no interior. Cynthia tem de economizar para pagar a passagem. Ela mal aproveita os momentos que passa com ele. Observa as horas passarem, os olhos fixos no relógio. Sabe que, no fim do dia, o filho vai para um canto, e ela, para o outro, e os dois terão de esperar o mês seguinte.

Quando o deixa, sente-se órfã, abandonada. Volta a viver o drama de seu nascimento, mas ao contrário, como um pesadelo que nunca tem fim. Ninguém pode diminuir sua tristeza.

Então Cynthia sente raiva. Sente raiva porque não escolheu aquela vida, porque sonhava com outro futuro para o filho. Porque a história se repete, de maneira impiedosa, e ela não tem poder para mudar seu curso. Tem raiva porque o amor nem sempre basta.

Ela culpa o mundo inteiro. Culpa o juiz da vara de família, as assistentes sociais, as famílias adotivas, as funcionárias do Palais, as tias, a Dama das Sacolas, até quem ela não conhece. Algumas mulheres vivem ali com seus filhos e aquela proximidade é insuportável para ela. Não quer mais ver os carrinhos de bebê nem ouvir o choro deles à noite. Eles a fazem se lembrar do filho que dorme longe dali.

Então ela se irrita e grita, como um animal ferido, uma loba que teve o filhote roubado. Como um animal enfurecido, não deixa ninguém se aproximar. Morde todos que tentam ajudá-la.

No Palais, sente-se uma prisioneira. Às vezes, chega a bater a cabeça contra a parede durante noites inteiras. Mas sua prisão não é o abrigo, explica Salma. O que Cynthia quer, com todas as forças, não é outro quarto, mas outra vida. É assim, continua a recepcionista: o que falta na infância vai faltar por toda a eternidade. Quem não se sentou para comer à mesa de seu pai nunca ficará satisfeito.
Assim é Cynthia, uma eterna faminta.

Solène volta para casa, abalada. Aquelas palavras ecoam em sua cabeça, lançadas de forma dura. *Volte para casa*. Ela estava apenas começando a se situar no Palais, a se sentir *útil* ali. Sente-se ferida pela violência de Cynthia.
Volte para casa significa "você não é igual à gente". Você não se parece em nada com as mulheres deste lugar. A vida poupou você. Você não pode entender nem ajudar a gente. Nunca será uma de nós e ninguém liga para a sua consciência tranquila. Pode ficar com ela.
Volte para casa significa "você não tem o direito de estar aqui".
O que Cynthia questiona, com toda a sua raiva, com todo o seu desprezo, é a legitimidade de Solène. Aquele olhar das *pessoas de cima* para *as pessoas de baixo*. Quem ela é para ir até ali? Para ser porta-voz delas? Para entrar na vida delas e ir embora, uma hora depois, ao fim da sessão?

Solène fica abalada com o ataque. Cynthia tem razão em um ponto: ela não foi até ali ajudar aquelas mulheres, e sim fazer bem a si mesma. O Palais é uma terapia — esse era seu objetivo. Quando melhorar, ela simplesmente fechará a porta do abrigo e voltará às suas atividades. Aquele lugar é apenas um parêntese em sua vida. Uma pausa desiludida.

Uma aula de zumba, algumas cartas e pronto. Solène achou que havia sido aceita. Achou que seu lugar no Palais já estava garantido. É fácil demais, responde Cynthia. *Volte para casa.*

Solène se sente amarga, desanimada, patética. *Coitadinha da menina rica*, diz a música. Tentando curar uma depressão com pessoas mais tristes do que ela. Quem ela achava que ia ajudar?

Mas existe algo além daquilo. Claro, ela aceitou ir até lá com muita reticência, incentivada pelo psiquiatra, inscrita por Léonard quase por teimosia. Claro, ela não tinha vontade nenhuma de entrar naquele abrigo. Mas, na verdade, encontrou ali muito mais do que tinha ido procurar. Encontrou o *Ficou ótima* de Binta, os olhos de Sumeya, a mulher dos dois euros, as xícaras de chá e as aulas de zumba. O que Solène viveu e compartilhou nesses momentos não tinha sido um sonho. Tinha sido uma troca, uma comunhão — foi isso o que sentira ao chorar nos braços de Binta.

Já faz algum tempo que Solène está melhor. Lentamente, está retomando a posse de seu corpo, de seu espírito. Está cada vez menos dependente de remédios. O psiquiatra reduziu as doses. Diz estar confiante. *Sentido*, é isso que

Solène encontra entre as paredes do Palais. Ela se sente *útil* para a comunidade.

Não importa, então, se ela é legítima ou não, se ela vem de um bairro chique ou não. Ela está ali. O que importa, no fim das contas, é estar presente. Apesar das decepções e das diferenças. Apesar do computador quebrado e dos xingamentos de Cynthia.

Ser escriba é ser um escritor *do público*, de *todos* os públicos. Cynthia a obrigou a voltar para as trincheiras, abalou suas certezas, mas Solène vai continuar. Não vai ceder às provocações nem aos questionamentos. Vai voltar na quinta-feira seguinte e em todas as outras. Se não tiver mais computador, vai usar uma folha de papel e um lápis. Aquelas serão suas únicas armas, seus únicos aliados. Podem até não inspirar muita confiança, mas Solène sabe que são poderosas.
Talvez não mudem a história do Palais nem a vida daquelas mulheres, mas trarão uma modesta contribuição, como o beija-flor da fábula de Pierre Rabhi, que Salma lhe contou. Durante um terrível incêndio na floresta, os animais assistiam, impotentes, à catástrofe. Apenas um pequeno beija-flor agia, enchendo o bico de água para jogar algumas gotas nas chamas. "Coitado desse maluco", disse o tatu. "Não é com isso que você vai apagar o fogo." "Eu sei", respondeu o beija-flor. "Mas, pelo menos, terei feito a minha parte."

Solène é assim: um passarinho que caiu do ninho e tenta apagar um incêndio. Seus gestos são ínfimos, irrisórios. Ridículos, diriam alguns.
Mas ela está fazendo a parte dela.

Capítulo 18

Naquela manhã, Léonard ligou para ter notícias dela. Ele quer saber como está a missão. Depois do *furacão Cynthia*, Solène voltou ao abrigo, como um bom soldado retornando ao front. Agora ela deixa o computador em casa e vai munida de um simples bloco de papel e um lápis.

Cada vez mais mulheres pedem seus serviços. Solène teve de aumentar a carga horária. Não é raro que se estendam até tarde da noite. Ela costuma levar cartas para terminar em casa. Gosta de relê-las com a cabeça descansada, retomá-las, aperfeiçoá-las. Algumas ideias lhe vêm à noite, e ela se levanta cedo para trabalhar nelas. No papel, descobre-se prolífica e fica feliz com isso. Reencontra as palavras, suas queridas palavras, que tanto lhe fizeram falta. Nos últimos anos, tinha se convencido de que elas haviam ido embora, desaparecido, se perdido. Mas Solène as descobriu ali, muito próximas. Não a abandonaram.

No Palais, seu trabalho é muito apreciado. Solène tem talento para formular um pedido, melhorar um *curriculum vitae*. Há um quê imaginativo naquele ofício que ela assume de bom grado. Não está mentindo, explica às residentes. No mundo do trabalho, é preciso se mostrar sob a melhor luz. Cada detalhe conta e uma palavrinha de nada pode fazer a diferença. Uma das residentes confessa ter experiência apenas com a venda de meias e calcinhas em feiras. Solène então sugere a seguinte formulação: "Experiência profissional em vendas de catálogo." Ela explica como a moça deve se apresentar em uma entrevista. A jovem vai embora contente, com o currículo na mão. Consegue emprego em uma loja na semana seguinte. Uma pequena pedra em um longo calçamento.

Solène agora tem "clientes" regulares, que atende toda quinta-feira. E também tem as outras, as novas, que ouviram falar dela e vêm se consultar. Logo é obrigada a se organizar. No início da sessão, distribui Post-its coloridos, nos quais anota números que identificam a ordem de chegada. Algumas têm pressa, outras reclamam e muitas tentam negociar, trocar a senha por um serviço ou uma ida ao supermercado. Cvetana costuma chegar depois de todo mundo. Não entra na fila. Passa na frente das outras com seu carrinho, ignorando protestos, e vem saber da carta da rainha: *Elizabeth já respondeu?* E Solène sempre responde: *Ainda não.* Cvetana dá de ombros, suspira com uma expressão decepcionada e vai embora. Vai voltar na semana que vem.

E é assim toda quinta-feira.

Solène passa as tardes escrevendo, dando conselhos e conversando, enquanto bebe chá e conta as balas que Sumeya continua a dividir com ela. Ela não as come. Quando volta para casa, coloca-as no pote de geleia que separou com essa finalidade. Já está cheio. Solène adora contemplá-lo, repleto das balas multicoloridas que mais parecem pequenos troféus, vitórias minúsculas sobre a monotonia e a morosidade.

Sumeya não fala, mas as balas falam por ela. São uma língua universal.

Solène se inscreveu oficialmente na zumba e agora frequenta as aulas de Fabio com as tias. Apesar de ainda não ter ritmo nenhum, já avançou muito, vestida com uma *legging* velha e uma camiseta de Binta. Quis devolvê-la, porém a Tia quis que ficasse com ela como agradecimento pela carta que redigiu. A camiseta fica enorme, mas Solène sente-se bem com ela, como com um velho pulôver que gostamos de vestir. As tias costumam rir de sua falta de molejo. *Parece um cabo de vassoura!*, grita Binta. *É o seu quadril. Ele travou! Você não tem a cintura solta. Olhe! O importante é o quadril!* Um dia, as tias formam um círculo em volta dela e batem palmas para incentivá-la. A música fala sobre colocar um pedaço de sol no bolso, e é isso que Solène sente, naquele instante, cercada por aquelas mulheres de corpo macio e solto. Que recuperou um pouco da luz e da alegria.

No fim da aula, às vezes, Binta continua dançando. Sozinha, diante dos espelhos, ela mostra a Sumeya como são as danças no país delas, a Guiné. Uma estranha energia, uma força pouco comum se desprende dela. Binta termina a lição suada, sem fôlego. E a menininha aplaude.

Um dia, elas vão voltar para lá, promete a mãe. E Sumeya também vai dançar.

* * *

Solène se acostumou a essas mulheres, às maneiras um pouco bruscas, aos silêncios, ao modo de dizer obrigada. Elas nem sempre têm as palavras, mas têm um olhar, um sorriso, uma xícara de chá, uma camiseta. Às vezes não têm nada e isso não importa. Solène não espera gratidão. Não foi até ali para isso. Léonard contou a ela que, em dez anos de missões, recebeu três *obrigados*. É pouco comparado às centenas de cartas que ele redigiu. Não importa. Ele se sente útil, e aquilo não tem preço. Cada carta é importante para cada pessoa que vem pedi-la. Como a da mulher que, graças a ele, voltou a ter contato com a mãe biológica, que a procurava havia anos. As duas foram juntas agradecer-lhe. Léonard ainda hoje se emociona ao contar a história. Elas haviam economizado para comprar uma caixa de chocolates para ele. Chocolates baratos, mas os melhores que ele já comeu.

Solène se acostumou com as residentes, e a recíproca é verdadeira. A maioria delas a adotou. A própria tricoteira começou a cumprimentá-la. Sem nenhuma empolgação, é claro, mas com um aceno de cabeça à sua chegada que significa "eu sei que você está aí, eu vi você". Elas nunca voltaram a falar das meias de bebê. Seja como for, Viviane não fala, ou fala muito pouco. É uma alma silenciosa. Em outra vida, teria sido freira. Parece que se afastou do mundo ao se instalar ali. Nada era capaz de perturbá-la — nem os gritos de Cynthia nem as danças das tias. O Palais poderia desabar que ainda assim ela não se abalaria. Continuaria a tricotar, perto de sua planta, imperturbável e indiferente.

Mas Viviane não havia sido sempre daquele jeito. Houve um tempo em que ela desempenhava um papel no espetáculo da vida. Casada, mãe de dois filhos, tinha uma existência de aparência comum, em um bairro bastante luxuoso. O marido era dentista, e ela, a secretária do consultório. Dava um jeito de esconder os hematomas como podia. Viviane é uma sobrevivente. Assim como Cvetana. Ela também foi à guerra, mas sem precisar ir à Sérvia. A dela durou vinte anos e foi perto dali, em um belo prédio cercado de roseiras. Seu inimigo andava bem-vestido, tinha o rosto do marido. O campo de batalha era o corpo dela — um corpo espancado, maltratado, agredido cotidianamente. Viviane levara muitas pancadas. De quase todo tipo. Socos, chutes, golpes com ferro de passar, sapatos, cintos... E facadas também, quando tentou deixá-lo. Se os vizinhos não tivessem intervindo, o marido a teria matado.

Daquele dia funesto, Viviane guardou um leve problema na perna e uma cicatriz na bochecha, como o Coringa. Isso faz com que abra sorrisos invertidos.

O marido foi preso e julgado, condenado a cinco anos de prisão, sendo um em condicional.

Cinco anos pela vida de uma mulher não é muito, pensa Solène. A cada dois ou três dias, uma mulher morre pelas mãos do companheiro naquele país considerado civilizado. *Até quando?* Na natureza, nenhuma outra espécie faz isso. O massacre das fêmeas não existe. Por que os humanos têm tal necessidade de destruir, de quebrar? E há as crianças também. Delas, ninguém fala ou fala muito pouco. Vítimas colaterais da violência conjugal, dezenas morrem junto com as mães todos os anos, sob os socos dos pais.

Durante o dia, as mãos de Viviane ficam ocupadas. Evitam que ela precise pensar. Mas à noite os pesadelos ressurgem. Viviane sonha que o marido está ali para buscá-la. Acorda suando, tremendo, morrendo de medo.

Uma tragédia parecida aconteceu alguns anos antes. Ali mesmo no Palais. Uma residente foi pega pelo ex-marido. Embora a porta costumasse ficar fechada para desconhecidos, ele conseguira entrar no saguão armado com um fuzil. O homem subira até os outros andares pela escada, ameaçando residentes e funcionárias, aterrorizadas. Acabara encontrando a ex-mulher, que tinha se refugiado na quitinete de uma amiga. Ele colocara a arma na bochecha dela e a matara à queima-roupa. O acontecimento foi manchete dos jornais locais.

Três dias depois, outra vítima sucumbiria, em outro ponto do país. É assim toda semana, todo mês, todo ano.

Viviane não contou a ninguém que estava morando ali. Quando foi embora, deixou tudo para trás: sua vida, sua casa e seus amigos. Os filhos já eram crescidos. Ela os vê muito pouco. Não teve coragem de confessar que mora em um abrigo. Não quer deixá-los envergonhados. Prefere ficar escondida. Costuma mandar roupas que tricotou para eles. É sua maneira de dizer que está pensando nos dois. De dizer: *Amo vocês. Não me esqueço de vocês.*

Viviane trocou um prédio elegante nos arredores da cidade por um quarto de doze metros quadrados. Mas pouco importa. Pelo menos, ali, ela está segura. Viviane não pode mais sonhar com algo melhor: trabalhou a vida inteira sem ser registrada nem paga. Essa realidade carrega um nome, o de "cônjuge colaboradora". Uma bela fraude, na verdade. Viviane não tem direito a nada: nem a seguro-desemprego nem a aposentadoria, como se nunca tivesse trabalhado. Vinte anos de serviço apagados em um segundo.

Ela até tentou procurar um emprego, mas, aos cinquenta e sete anos, nem adiantava sonhar. Por isso, Viviane tricota o dia todo. Da carreira de secretária, ela guardou o rigor e os horários — vende seus trabalhos na rua das dez da manhã às seis da tarde durante a semana e até as sete da noite no sábado. Não trabalha aos domingos nem nos feriados. De manhã, ela se arruma, como na época do escritório. Está sempre impecável, muito bem-arrumada. Nunca foi pedinte. Não faz seu estilo. Ela não pede esmolas. Só vende o que tricotou.

Solène a vê sempre na rua, sentada no chão, paralisada de frio. Essa mulher discreta poderia ser minha mãe, pensa. Ela se pega imaginando como teria sido a vida de Viviane com outro marido. Uma escolha errada é algo que acontece. Ninguém está isento. Mas uma escolha pela qual pagamos a vida toda? Ninguém merece viver desse jeito.

No Palais, Viviane não estabeleceu relações reais com as vizinhas. No entanto, parece gostar da companhia delas. A pequena Sumeya às vezes vai se sentar ao lado dela, perto da planta, no grande saguão. Adora observar as agulhas dançarem entre os dedos da tricoteira. Viviane lhe dá balas e roupas para as bonecas. Dia desses, deu a ela um cardigã pequenininho e um gorro minúsculo. Sumeya os pegou em silêncio. Elas não precisam falar para se entender, não precisam de palavras para se comunicar. Neste momento, Viviane tricota um pulôver. A própria Sumeya escolheu as cores entre os novelos de lã da cesta. Vermelho, amarelo e verde para enganar o cinza do inverno.

Assim a vida segue no Palais, entre os palavrões de Cynthia, os tricôs de Viviane e as xícaras de chá das tias. Corre como um rio agitado, tumultuoso, efervescente. Ali tudo é frágil. O equilíbrio é tênue, se mantém por um fio.

Solène nunca sabe o que a espera nem o que ela vai encontrar quando abre a porta do abrigo. Toda quinta-feira lhe traz novas surpresas. Toda sessão é rica em reviravoltas. Todo encontro é um acontecimento.

Capítulo 19

Paris, 1925

Como conseguir o dinheiro?

Na sala de estar de seu apartamento, os Peyron estavam reunidos. Albin andava de um lado para outro. A seu lado, Blanche parecia surpreendentemente calma e determinada. Como um comandante, ela traçava o plano de batalha do projeto de aquisição do Palais. Inicialmente, era preciso juntar os três milhões e meio de francos-ouro necessários para a compra do prédio. O valor não incluía as obras. Seria necessário o dobro para cobrir todos os custos: o cartório, a reforma interior dos quartos, o mobiliários e a instalação dos serviços e das dependências. Uma coisa era certa: o Exército não podia fornecer aquele valor. Havia o suficiente em caixa apenas para garantir o funcionamento regular; era preciso pagar o salário dos oficiais, o aluguel das salas, a aposentadoria dos veteranos, as ajudas de custo durante as viagens, os custos da Escola Militar... O Exército de Salvação francês não tinha renda permanente e a Sede Geral Internacional, em Londres, não fornecia muita coisa. As contas estavam uma bagunça e a situação financeira era preocupante.

E daí? A situação sempre foi preocupante, respondeu Blanche. Ela se lembra das urtigas que fervia para jantar quando não tinha outra coisa e das três cadeiras que o Exército lhes fornecera para mobiliar o primeiro apartamento deles: duas estavam com pernas quebradas. *A gente sempre se virou*, continuou ela. *Vamos conseguir esses milhões.*

Nada era impossível para os Peyron!

Com passos confiantes, Blanche foi até o quarto, abriu o armário e pegou a mala de Albin. Aquela mala, coitada, tinha visto grande parte do país. Os Peyron haviam passado mais tempo na estrada do que seriam capazes de dizer. Toda uma vida de viagens, dentro e fora do país. Albin não estava nem um pouco a fim de viajar.

Vá para Londres, pediu ela, *e fale com o general.*

Bramwell Booth, o filho mais velho de William, tinha assumido a direção do Exército depois da morte do pai, em 1912. Bramwell era um homem inteligente e sensato, que sempre via com bons olhos os projetos que os Peyron submetiam à sua avaliação.

Albin voltou de Londres com um cheque de mil libras esterlinas no bolso. O chefe do Exército não podia ceder mais nada ao projeto deles. Mas... Albin acabara de conseguir um empréstimo de uma empresa de seguros de vida no valor necessário para a compra do hotel!

* * *

No sábado, 9 de janeiro de 1926, Albin se tornou o proprietário oficial do imóvel da rua de Charonne, 94, em nome do Exército de Salvação. Naquela operação, o nome de Blanche não apareceu. Como as mulheres não tinham direito a contas bancárias, Albin cuidou da transação sozinho.

Depois de comprar o prédio, era preciso reunir o valor necessário para a reforma. Blanche sugeriu lançar um programa gigantesco de inscrição e criar um comitê de honra. Ela queria alertar a mídia, os jornais, entrar em contato com as principais personalidades da política, das finanças, da magistratura e da administração. Solicitar uma reunião com o presidente da República, Gaston Doumergue, que Albin havia conhecido meses antes, durante a fundação do Palais du Peuple, e pedir que ele os apoiasse.

Os Peyron começam uma operação sem precedentes: marcam diversas entrevistas, reuniões, redigem artigos, panfletos, folhetos... Cartazes são impressos e distribuídos, e oficiais são enviados ao interior, para bater de porta em porta, ir de andar em andar, em todas as cidades e vilarejos. Blanche incitava as tropas: "Doem e incentivem as doações, falem, escrevam, coletem!" Ninguém se comparava a ela quando o assunto era incentivar os soldados e mobilizar multidões. "Na Idade Média", dizia ela, "foram as corporações de operários humildes que construíram as catedrais. Mande sua doação, por menor que seja. Pequenos riachos formam os grandes rios! Se você mesmo não puder agir, nos ajude. Quanto antes, de forma generosa e alegre!".

Seu talento de oradora foi muito usado. Apesar da saúde debilitada e dos repetidos avisos do dr. Hervier, Blanche fazia séries de conferências e discursos para defender o projeto que ela considerava *urgente e magnífico*. Ela enfrentava os públicos mais populares e os mais distintos. Andava até a ponta do palco, erguia a mão como em uma saudação evangélica e o silêncio se fazia, a ponto de ser possível ouvir as moscas voando. "Paris não tem coração?", perguntava ela à guisa de introdução. "A velha França conheceu a fome de comida, mas está vivendo a fome por moradia. Pessoas estão morrendo por não terem onde dormir." Ela lembrou aquele número horrível — cinco mil seres humanos dormiam todas as noites na rua, apenas em Paris. Ela citava William Booth, o pai do Exército: "Não posso ver o sofrimento sem me fazer duas perguntas: qual é a causa dele e o que posso fazer para remediá-lo?" Sensibilizava o auditório em relação ao destino funesto das mulheres abandonadas. Falava com esposas, mães e filhas que queriam que suas irmãs dormissem protegidas. Dirigia-se aos homens, à honra deles, pedia que reconhecessem aquelas que lhes deram a vida.

Quando a ouviam, todos ficavam encantados. Era comum que as palavras de Blanche recebessem ovação. Ela se mostrava loquaz, criativa, sempre repleta de argumentos e citações. Invocava Ruth sucessivamente: "Minha filha, não hei eu de buscar descanso, para que fiques bem?" E Ezequiel: "Buscarei aquela que estava perdida, trarei de volta a afastada, tratarei a ferida e fortalecerei a doente." Citava a Bíblia tão bem quanto citava Victor Hugo. O direito de pregar que havia exigido tanto e que o Exército enfim concedera às mulheres era usado ali à centésima potência, durante os discursos que Blanche fazia sem descansar.

Blanche era de uma eficiência impressionante. Um grande trunfo para o Exército. Ela estendia a mão e só a fechava quando recebia o que esperava. Em sua sala na sede da rua de Rome, ela escrevia e ditava centenas de cartas. Só aceitava parar quando a tosse a deixava exausta ou Albin suplicava que voltasse para casa.

O comitê de honra foi rapidamente instituído. Ele reunia o presidente do Conselho, o ministro das Relações Exteriores, o ministro das Finanças, o do Interior, o do Trabalho e da Higiene, o da Justiça, o comissário de polícia, o diretor da Assistência Social e o presidente do Banco da França, além de senadores, deputados, prefeitos, embaixadores, decanos de faculdades, diretores de jornais, membros da Academia de Letras e de Medicina francesas, diretores de Bancos e outras personalidades ilustres. Albin saiu triunfante da reunião com o presidente da República: Gaston Doumergue aceitara chefiar o comitê! Ou seja, ele faria uma doação com recursos próprios.

Albin passou a se dedicar em dobro. Mantendo as buscas, ele bateu nas portas dos banqueiros e donos de indústria mais poderosos do país. Os irmãos Rothschild, Lazard e os filhos dos irmãos Peugeot pareceram entender a urgência de tal obra e concederam doações substanciais.

As inscrições começaram a chegar. Havia a dos Fundadores (que doavam mais de dez mil francos), a dos Benfeitores (mais de cinco mil francos) e a dos Doadores (mais de mil francos). Mesmo as menores contribuições eram recebidas com muitos agradecimentos. Alguns doavam apenas alguns francos. Joias e objetos de arte também eram aceitos e vendidos para arrecadar dinheiro. Todas as classes da sociedade participaram daquele enorme movimento de solidariedade. Blanche viu até uma dançarina do Moulin Rouge chegar em sua sala e lhe entregar um colar, que queria oferecer à causa.

Logo, as listas de inscrição começaram a ser publicadas no jornal do Exército *En Avant*. Como agradecimento, os benfeitores ganhavam a possibilidade de escrever seu nome ou uma citação de sua escolha nas portas dos quartos do futuro Palais.

Aquela iniciativa de amplitude sem precedentes foi muito divulgada pelos veículos de imprensa. Matérias foram publicadas em *Le Temps*, *L'Œuvre*, *Le Matin*, *Les Dernières Nouvelles de Strasbourg*, *Le Siècle*, *Le Progrès Civique* e *L'Alsace Française*. Cartazes do Exército de Salvação foram impressos em grande quantidade e largamente reproduzidos.

O comitê de honra realizou várias reuniões em salões chiques de Paris. Em 17 de fevereiro de 1926, no suntuoso salão do Hotel Continental. No dia 28 de março, no salão do Ministério do Interior, na praça Beauvau. Blanche sempre tomava a palavra com muita verve e com a mesma energia. Diante de centenas de pessoas, ela defendia a causa das mulheres empobrecidas. Evocava as perspectivas de recuperação que a outorga de um simples quarto no Palais permitiria. E ele possuía 743.

Havia ali 743 quartos para salvar 743 vidas.

"Quero fazer uma pergunta para cada um de vocês", afirmava ela. "Vamos aceitar para outras pessoas condições de vida que nós mesmos não aceitaríamos? Vamos ver mães abandonadas lutarem sozinhas, venderem o corpo para sustentar as necessidades de seus filhos, sem segurar a mão delas?"

Albin assistiu, emocionado e orgulhoso, a todos os seus discursos. Blanche era animada, forte, doce, e às vezes incisiva como um chicote. Sua eloquência era imensa. Quando a ouvia discursar daquele jeito, ele pensava que ela podia ter sido advogada. Tinha todas as qualidades necessárias.

Não tinha medo de visar cada vez mais alto. "Ela precisa da lua e das estrelas!", diziam a seu respeito no Exército. A mulher que percorria sem parar os piores lugares da cidade começou a ser recebida em festas muito prestigiosas. Mas Blanche não ficava nem um pouco vaidosa com aquilo. Jejuava nas cerimônias para as quais era convidada. A única coisa que importava era a causa que tinha ido defender.

A opinião pública estava mudando. Em 20 de abril, no grande anfiteatro da Sorbonne, diante de duas mil e quinhentas pessoas, o ministro do Trabalho e da Higiene saudou, de forma solene, "depois de anos demais de esquecimento, ingratidão e ignorância, em nome da nação, os precursores daquela obra cujas armas fraternais constituem a sociedade do futuro e se esforçam para criá-la". Depois de levar tijoladas, ovos podres e ratos mortos nas costas, Blanche e Albin foram homenageados e citados como exemplo. As palavras do ministro marcaram um ponto de virada na história do Exército. "Vocês querem opor a internacionalização do amor à internacionalização da miséria", afirmou o ministro. "Reconhecemos a árvore por seus frutos. E estes são excelentes. As que os produzem não podem ser ruins. Elas merecem mais do que apenas curiosidade: merecem uma ajuda efetiva", concluiu ele. Blanche se lembrou com emoção da zombaria, dos apelidos e dos xingamentos que choviam sobre os soldados do Exército de Salvação no início. Homens e mulheres cujo uniforme e aparência guerreira eram ridicularizados. Mas naquele dia o esforço de todos eles estava sendo unanimemente reconhecido e saudado.

E, em vez de deixá-la mais tranquila, os novos holofotes fizeram com que ela se lembrasse da urgência e da necessidade de sua luta.

Doações chegavam de todos os cantos. O ritmo das inscrições se intensificou. Logo um primeiro milhão foi obtido. Blanche ficou feliz, mas manteve a cabeça fria. Um valor considerável ainda tinha de ser encontrado.

A epopeia do Palais estava só começando.

Capítulo 20

Paris, hoje

Solène deve confessar que alguns pedidos a deixam desconcertada.

Em uma tarde de quinta-feira, quando se sentou à mesa costumeira no grande saguão, Solène recebeu a visita de uma mulher que estava vindo procurá-la pela primeira vez. Elas se conhecem de vista por se encontrarem nas aulas de zumba. De silhueta graciosa e cintura fina, Iris tem cílios longos e traços delicados. Com a voz baixa, ela confessa que a natureza de seu pedido é singular. Está com medo de mencioná-lo ali e pede que Solène a acompanhe até o quarto dela, no quinto andar. Lá as duas vão ficar mais tranquilas para conversar. Solène fica surpresa. Nunca se aventurou nas áreas privadas do Palais. Entrar na quitinete de uma residente é ultrapassar uma barreira, penetrar em sua intimidade. A ideia a deixa incomodada. Ela explica a Iris que não pode acompanhá-la, que o serviço é sempre realizado ali. Entretanto, garante a discrição. Nada do que ela lhe confiar será divulgado, ela promete.

Iris parece decepcionada. Com uma voz doce, responde que entende, antes de se afastar, triste. Solène se levanta para alcançá-la. Não queria fazê-la ir embora. No fim das contas, há poucas pessoas ali... Ela aceita subir, excepcionalmente, mas não vai ficar muito tempo. Não quer abrir um precedente. Além disso, as residentes costumam vê-la sempre ali, no saguão. Não podem pensar que Solène foi embora ou não veio.

Iris a arrasta na direção da grande escadaria — não pega elevadores, explica, porque é claustrofóbica. E um pouco de exercício não faz mal, acrescentou. Subir cinco andares não dá uma aula de zumba, mas pelo menos são algumas calorias gastas. Não é porque uma pessoa mora em um abrigo que não deve cuidar de si mesma.

Elas chegam a um corredor interminável, que serve aos quartos do quinto andar. Solène observa as placas presas nas portas, nas quais há nomes ou citações. As duas param diante de uma delas, onde o seguinte adágio está gravado: "Nunca somos tão felizes nem tão infelizes quanto pensamos." Tinha sido dita por François de la Rochefoucauld. Uma escolha estranha para aquele tipo de lugar, pensa Solène.

Iris pega uma chave e abre a porta, mostrando um pequeno cômodo, cuidadosamente decorado. Solène observa a cama de solteiro, a única janela voltada para o pátio interior e a cozinha minúscula. E também há um banheiro completo, explica Iris. Toda uma vida em alguns metros quadrados. O tamanho minúsculo da quitinete não a incomoda. *É a primeira vez que tenho um quarto todo meu*, acrescenta ela, citando Virginia Woolf. Solène parece surpresa ao ouvir aquela referência literária. Iris sorri, achando engraçado. Não é porque mora no Palais que não é instruída.

Na mosca. Um ponto.

Ela convida Solène a pegar a única cadeira e se senta na cama. Iris faz uma pausa antes de começar. Precisa de conselhos em relação a uma carta muito pessoal. Mais especificamente: uma declaração.

Uma declaração de amor para alguém que trabalha no Palais.

Solène não diz nada. Fica surpresa, mas não demonstra. Apenas deixa Iris continuar.

Antes de falar mais, ela gostaria de contar sua história. Iris não é seu nome de batismo. Em outra vida, ela já foi chamada de Luis. Com apenas duas letras, houve uma pequena mudança em sua identidade. Mas foi um passo enorme para ela. E uma vergonha para os pais. De pai mexicano e mãe filipina — *sou uma mistura curiosa*, confessa ela, com certo humor —, Luis era uma criança incompreendida, um adolescente atormentado. Rejeitado pela família por causa de sua diferença, apesar de tudo decidira realizar a redesignação sexual. Seu percurso foi pontuado por estadas em abrigos emergenciais, temporadas na rua, bicos mal pagos e tentativas de suicídio, comprovadas pelas cicatrizes em seus pulsos. Iris sabe o que são os maus-tratos e a prostituição. Na escala do desespero, já havia descido até o último degrau. Mas quando chegamos ao fundo, diz, só se pode subir.

O encontro com uma assistente social havia mudado tudo.

Aos trinta anos, Iris finalmente se encontrou. Ali, ela se reconstruiu. Está apenas começando a pensar que pode ter um futuro, que a vida lhe reserva algo além do sofrimento e da rejeição.

Mas ela ainda encontra dificuldade para ser aceita. Choca-se com a hostilidade de certas residentes, que consideram que ela não se encaixa no Palais. Lembra do desprezo direcionado a si com muita frequência. As pessoas poderiam imaginar que os percalços da vida tornariam as mulheres ali mais tolerantes, mais abertas à diferença. Mas não é verdade. Algumas são racistas — e Iris não hesita em afirmar aquilo. Muitas têm raiva do fato de as refugiadas serem acolhidas como elas, imaginam que deviam ter mais direitos. Também ouvimos esse tipo de discurso aqui, lamenta ela. Todos sabem quem vota em quem no Palais.

O homem que seu coração elegeu foi Fabio, o jovem professor de zumba. Quando Iris o viu pela primeira vez, quase desmaiou. Não sabe por que ele mexe tanto com ela. Talvez sejam sua ancestralidade, a maneira inimitável de mexer o quadril. Pode ser também a energia que habita seus movimentos ou o sotaque brasileiro... Ver o jovem professor dançando já a deixa arrepiada. É um anjo com um corpo de demônio, afirma, sorrindo. Iris não gosta de atividades físicas, nunca gostou, mas se inscreveu na aula de zumba só para ficar perto dele. Nunca perdeu nenhuma aula. Passa a semana esperando aquele momento tão caro. Pensa nisso dia e noite.

* * *

Já faz quase um ano que ela ama Fabio em segredo. Não tem ninguém com quem conversar no Palais, a não ser Salma. A recepcionista lhe contou recentemente que Fabio é solteiro — Salma sabe de tudo, ela coleta as confidências de todas as residentes do Palais. Por isso, Iris decidiu se declarar. O caso é delicado, ela sabe disso. Não quer assustar Fabio. Tem consciência de que sua *diferença* — chamada assim, de maneira tímida por ela — pode ser um empecilho à história deles, mas não importa. Medimos os grandes amores e os grandes projetos com base nos riscos que corremos por causa deles. A frase não é dela, e sim do Dalai Lama. Ela a havia anotado em um caderno.

Iris é uma mulher reservada. Não tem coragem de abordar o jovem professor e chamá-lo para tomar um drinque ou jantar. Então, na solidão de suas noites, escreveu um poema. Ela precisa que Solène o releia e dê sua opinião. E corrija os erros também. Nunca tivera muito talento para ortografia, ainda menos em francês. Não é sua língua materna, mas ela gosta mais dela do que da sua. Quer respeitá-la.

Tem noção de que um poema pode parecer antiquado. Na era das redes sociais e dos celulares, todos mandam mensagens, até com teor sexual. A internet e os sites de namoro tornaram as relações amorosas mais imediatas e objetivas. Mas Iris é romântica. É assim. A gente nunca muda...
 Ao dizer aquilo, ela sorri com humor. Solène aprecia sua capacidade de rir de si mesma. Iris é inteligente. É fina,

educada. Em outras circunstâncias, as duas poderiam ter se tornado amigas.

Tomando um copo de suco, Iris explica a Solène que, no país de seu pai, o México, vários escribas ganham a vida desse modo. Na Plaza Santo Domingo, a concorrência é pesada. Para obter uma vaga, é preciso fazer testes de ortografia e gramática. Cada escritor tem sua especialidade. Antigamente, seu tio tinha uma pequena loja ali, dedicada a cartas íntimas. Um dia, aproveitando-se do fato de que ele havia faltado, seus colegas espalharam o boato de que ele havia morrido para ficar com os clientes dele. Quando ele finalmente reapareceu, no fim do dia, uma senhora idosa tinha começado a gritar, convencida de que estava encontrando um fantasma. Ele adorava contar aquela história. Conhecia dezenas de outras, mas aquela era sua preferida.

Iris se interrompe — é faladeira e poderia passar horas conversando quando está em boa companhia. Mas sabe que o tempo de Solène é contado. Da gaveta da pequena escrivaninha que mobilia o cômodo, ela tira o poema. Está com medo de mostrá-lo. É assustador, confessa. É preciso coragem para revelar o que escrevemos. Solène sabe bem disso. Pensa nos cadernos da adolescência, que havia entregado ao professor de francês no ensino médio. Precisara de meses para dar aquele passo. Abrir uma folha de papel às vezes é um ato de bravura, pensa ela, enquanto Iris começa a recitar o poema.

Solène a escuta com atenção, emocionada. As palavras de Iris são desajeitadas, inocentes, mal-ordenadas, indisciplinadas, rascunhos, mas são verdadeiras. As rimas são fracas, a métrica dos versos manca, mas o poema se sustenta. Solène fica surpresa com a emoção que a invade. Desde que se entende por gente, ela nunca recebeu uma declaração como aquela. Ninguém nunca parou para escrever um poema dedicado a ela, para confessar seus sentimentos daquela maneira.

Ela gostaria de ter coragem de fazer a mesma coisa. Quando Jérémy a deixou, as palavras a abandonaram cruelmente. Talvez pudesse ter mudado tudo com algumas rimas, um pouco de ousadia... um pouco de poesia. Quem sabe?

Iris não tem sintaxe nem vocabulário. Muita coisa lhe falta, mas com certeza não paixão. Ao escutar seus versos, Solène fica arrepiada, como se ela mesma fosse a destinatária. Pensa em Cyrano de Bergerac, reunindo as confidências de Christian e ardendo de paixão por Roxane. No Palais, dizem que o verdadeiro Cyrano está enterrado ali, em algum lugar embaixo da biblioteca — e não em Sannois, como afirmam os biógrafos. Ele teria encontrado abrigo no convento que existia naquele terreno, junto com sua irmã religiosa, e morrido nos braços dela. Sua alma talvez ainda esteja um pouco presente, andando por entre aquelas paredes.

Um pouco nas palavras de Iris, entre os versos de sua poesia.

Solène se apropria do *Ficou ótimo* de Binta. Ela tranquiliza Iris. O poema ficou perfeito. Não há nada a ser alterado nele. Ela corrige alguns erros, reorganiza duas ou três frases e pronto. Agora basta entregá-lo ao remetente. Iris está decidida a se arriscar na próxima aula de zumba...

Enquanto volta para o saguão, descendo a grande escada, Solène se pega imaginando a reação de Fabio ao ler o poema. Ela espera que ele fique emocionado, como ela ficou. Reza para que as palavras de Iris sejam o início de uma história e se emociona com a ideia, como se fosse ela a instigadora daquele romance, ou ao menos uma cúmplice dele. É a Cyrano de Bergerac do Palais, e a ideia lhe agrada.

Por certo tempo, as palavras de Iris lhe dão vontade de se apaixonar. Nada é melhor do que a poesia para suavizar a vida. Quando adolescente, Solène lia muitos poemas e pegava coletâneas emprestadas na biblioteca. A musicalidade das palavras a envolvia, a levava em viagens secretas, que ela saboreava sozinha, como um prazer nunca confessado. Então a vida adulta chegara, varrendo os poemas, as anáforas e as alegorias. Talvez não seja tarde demais para amar, pensa, nem para fazer poesia.

Talvez não seja tarde demais para mim.

Solène então volta à vida, ao tumulto do saguão, com as bochechas um pouco vermelhas e o coração também. Com um toque de esperança e alegria.

Capítulo 21

Naquela manhã, Solène pegou o pulôver de caxemira de Jérémy que estava em seu armário e o pôs no fundo de um saco. Tinha chegado a hora de acabar com aquilo. Não podia pensar no futuro se continuasse remoendo o passado. Ia entregá-lo a Stéphanie, a assistente social, para que o colocasse no armário solidário que ela havia acabado de criar no subsolo do Palais.

Enquanto olha para as roupas no armário, Solène percebe que não se reconhece mais nas peças que usava no escritório. Aquilo não é mais ela. De repente, tem vontade de fazer uma limpa. Falta tudo às residentes. Elas não têm dinheiro para renovar o guarda-roupa. Com certeza ficarão felizes se encontrarem uma camisa, um colete ou um terninho para ir a uma entrevista. As roupas de Solène não estão velhas. Ela cuidava de todas, e algumas são quase sem uso.

Doar tudo lhe faz bem. Ela se sente mais leve assim. Adeus, passado. E adeus, Jérémy.

Ela também vai separar seus livros e doá-los à biblioteca do Palais. Serão mais úteis lá do que nas caixas que ela guardou no porão. Solène vai até o subsolo e se pega voltando ao passado. Estão ali, seus romances queridos da adolescência. Aqueles livros a acompanharam em todas as mudanças. Quando chegou àquele apartamento, Solène nem sequer pensou em tirá-los das caixas. Ela os encontra intactos. Empoeirados, mas inteiros. *A viagem*, *Mrs. Dalloway* — Virginia Woolf era sua autora preferida. E *Um teto todo seu*.

Solène o folheia, lê alguns trechos. Ela o leu aos dezessete anos. O ensaio de Virginia Woolf a marcou. Para escrever, explicava ela, uma mulher precisa de um pouco de espaço, um pouco de dinheiro. E de tempo.

Solène fica surpresa com aquela afirmação. Ela tem os três. Então por que não escreve?

Iris, em meio a uma vida atormentada, Iris, residente de uma quitinete minúscula do Palais, Iris, privada de tudo, encontrou em si a força para escrever. A miséria não impediu que a poesia brotasse em meio às incertezas e aos tormentos de sua existência. Ela havia descido a grande escadaria do abrigo, caminhado até a papelaria para comprar um caderno e se colocara a escrever, sem pensar em nenhum outro tipo de processo. E também já havia desenvolvido a base para um primeiro rascunho de romance, inspirado em sua vida, confessara ela a Solène. Ainda era cedo demais para lhe mostrar. O mais importante era seduzir Fabio. O resto viria depois.

Solène pensa nos poemas que criava na juventude, um material que se perdera enquanto ela andava de um lado para outro, durante os anos no escritório. Seus cadernos deviam estar no fundo de um armário, em seu quarto na casa de seus pais. Eles dormem ali há mais de vinte anos.

Solène havia prometido a si mesma que um dia escreveria um romance. Seria capaz? O projeto a seduz e a assusta ao mesmo tempo. Ela tem medo de reler seus textos e perceber que são insignificantes. O que é mais cruel do que descobrir, depois de tantos anos, que não temos talento? Ao se tornar advogada, Solène nunca saiu do campo da fantasia, do sonho inalcançado. O que lhe dá o benefício da dúvida. O que lhe permite explorar os caminhos possíveis. Enfrentar a realidade é uma iniciativa arriscada. Ela precisa estar à altura de suas ambições, e elas eram sempre grandiosas.

De repente tem vergonha de se sentir tão covarde. Iris, que nunca terminou o ensino fundamental, que nem domina direito os rudimentos do francês, não tem medo de tentar. Não tem medo de enfrentar o olhar de Fabio nem o dela. É mais corajosa do que todas as Solènes reunidas, enquanto a própria Solène estremece diante de um velho sonho esquecido.

Ela não tem mais escolha agora. Tinha ido longe demais para desistir. Sem saber, as residentes do Palais a haviam levado ao encontro de próprios limites. Binta, Iris e as demais a puseram de novo em contato com as palavras. Solène as tinha reencontrado e não pode voltar a traí-las. É preciso ir até o fim daquele caminho iniciado mais de vinte anos antes. Talvez esse seja o sentido da terapia: retomar o curso de sua vida, do ponto onde ela parou. Algo que exige coragem, algo que Solène agora tem.

Sem parar para pensar, ela digita o número dos pais e anuncia que vai almoçar com eles no domingo seguinte. Faz muito tempo que não os visita.

Sua irmã também está lá, acompanhada dos filhos e do marido. Todos ficam felizes ao ver que Solène está melhor. Está relaxada, sorridente. Diz que aos poucos está parando de tomar a medicação. Quando o pai pergunta se ela pretende voltar a trabalhar no escritório, ela é evasiva. Diz ter outros projetos. A conversa se volta para as proezas do filho menor de sua irmã. Solène aproveita para sair da mesa e se trancar em seu antigo quarto. Ali, sob montinhos de roupas de cores fora de moda, agendas velhas que conservamos sem nunca saber por quê, vinis, fitas vhs emprestadas e nunca devolvidas, caixas de sapatos cheias de cartas e ingressos de cinema — ah, esse costume de não jogar nada fora, como se conservássemos um pouco da juventude que se foi através de suvenires fúteis —, ela acaba encontrando seus cadernos de poesia no fundo de um armário, bem escondidos. Espera voltar para Paris e mergulhar neles.

Ela passa a noite inteira lendo e só os fecha de manhã cedo.
Tem de ser sincera: alguns trechos demonstram uma inocência inenarrável. Há trechos malfeitos, exagerados, frases inteiras para cortar. Mas lhe parece que o conjunto é interessante o suficiente. Há ali algo a ser escavado, o esboço de um estilo — ela pode estar enganada, quer se manter prudente, já que nunca temos certeza quando o assunto são as palavras. Mas Solène fica emocionada por se encontrar ali,

intacta, entre aquelas linhas. Ali está ela, inteira, no início da vida, ainda livre de qualquer dano e limitação.

Então a vontade volta de repente. A vontade de começar um romance, como havia prometido a si mesma. A vontade de acreditar nisso. De pensar que a vida segue em frente, sempre em frente. Que basta uma caneta para mudar tudo. Um pouco de poesia para se reinventar.

Assim como Iris, ela vai até a papelaria e compra um caderno novo para começar a trabalhar. As palavras a esperaram por muito tempo.
Agora ela tem de escrever.

Capítulo 22

Está ali. É invisível, mas está ali. Como uma faixa de segurança, um perímetro vazio, uma terra de ninguém que pessoa alguma ultrapassa, como se uma cancela proibisse o acesso.

Solène observa os transeuntes passarem pela padaria e se esforçarem para contornar a jovem sem-teto. A maioria nem olha para ela. Contentam-se em evitá-la, como um obstáculo ou um objeto. Raros são aqueles que dão algum dinheiro. Ainda mais raros são os que param para sorrir para ela ou conversar.

Solène ainda não teve coragem de começar uma conversa com a moça. Para com cada vez mais frequência para colocar algumas moedas no copinho dela. Às vezes, lhe dá um croissant ou um pão. As conversas das duas se limitam a algumas palavras — bom dia, tchau, obrigada. A jovem é sempre educada. Solène não sabe o que a impede de ir mais longe. No Palais, ela já aborda as novas residentes sem problemas. Não tem mais medo de se aproximar da miséria. A ideia se tornou familiar para ela. A palavra "precariedade" não é mais abstrata: ela se encarnou nos traços de Binta, Viviane e Cvetana. Deixou de assustá-la.

Mas na rua tudo é diferente. Solène não tem coragem de fazer ali, diante da padaria, o que faz entre as paredes seguras do Palais. Abordar a jovem sem-teto quer dizer criar um elo, abrir o caminho da empatia. Começar uma conversa é reconhecer a humanidade do outro. Depois disso, torna-se difícil contornar, continuar a ignorar.

Ela sente vergonha por não dar aquele passo. Adoraria achar desculpas, fingir estar com pressa, como na época do escritório. Mas aquilo não é mais verdade. O que a impede é outra coisa, um sentimento que Solène tem dificuldade de nomear. É um medo de se sentir obrigada. Sua dedicação acaba diante da porta do Palais. Já é o suficiente, diz ela para se perdoar por aquela pequena covardia. No passado, fazia como muitos outros: baixava os olhos quando avistava alguém pedindo dinheiro. Chegou até a trocar de calçada para não enfrentar o olhar doloroso e suplicante da miséria. Era uma maneira de se proteger, dizia ela a si mesma então. O discurso lhe convinha. Ela conseguia se acomodar nele no passado, mas já faz algum tempo que não mais.

À noite, na cama, ela se pergunta onde a jovem sem-teto dorme. Em um abrigo? Em um estacionamento? Ou em algum imóvel abandonado? Da abertura ao fechamento da padaria, ela fica ali, de joelhos, na calçada. De joelhos, como uma penitente. Como uma condenada.

Uma mulher de joelhos na rua deveria chocar o mundo inteiro, pensa. No entanto, aquilo não emociona ninguém

— ou quase ninguém. A imagem a assombra. Solène tenta afastá-la da cabeça, mas não consegue. Ela às vezes a impede de dormir.

E sabe exatamente quando tudo aquilo começou.

Era uma tarde calma no Palais. Ela havia chegado mais cedo para o trabalho. Não havia muita gente no saguão — apenas a Dama das Sacolas cochilava em um canto. Ela havia aberto um dos olhos quando Solène chegara.

Ao vê-la finalmente sozinha, tinha se aproximado da escriba. Depois, perguntara se podia se sentar e Solène havia assentido. Então a Dama das Sacolas começara a falar.

Solène logo havia entendido que ela não queria uma carta nem um conselho. Ela só precisava se confessar. Solène tinha ficado tentada a interrompê-la, a dizer que não estava ali para isso. Depois, pensara nas enfermeiras e nas assistentes de enfermagem que a haviam acompanhado durante a estada na casa de repouso. Muito mais do que os soníferos e as pílulas que elas vinham entregar todos os dias, tinha sido a atenção gentil dispensada por elas que a ajudara a continuar. Não podemos subestimar os pequenos gestos e os sorrisos: são coisas poderosas. São também muralhas contra a solidão e a depressão. Então, naquele dia, Solène tinha deixado a Dama das Sacolas continuar. Por não poder emprestar a caneta, tinha cedido os ouvidos.

No Palais, todos a chamam de "a Renascida", apelido que seus companheiros de calçada lhe deram. Ela passou quinze anos na rua. Quinze anos sem teto, sem abrigo. Quinze anos sem dormir em uma cama. Desde então, a Renascida não consegue mais fazer isso. Não consegue adormecer em seu quarto, sente-se presa nele. Prefere dormir nas áreas comuns, cercada por suas sacolas. Ela não consegue se decidir a guardar suas coisas no armário. Tem a impressão de que vão roubar tudo dela. Precisa senti-las ao seu redor, o tempo todo, como se toda a sua vida estivesse ali, naquelas grandes sacolas que carrega noite e dia, como uma mulher-caramujo, levando a casa nas costas.

Seu lugar preferido é a lavanderia. Ela sempre adormece perto das máquinas, em meio ao cheiro de sabão e amaciante. A equipe do Palais é compreensiva e às vezes a deixa passar a noite ali. A Renascida gosta de dormir daquele jeito, embalada pelo barulho das máquinas de lavar, em meio ao cheiro fresco de limpeza. O ar quente e úmido liberado pelas secadoras banha o cômodo com uma temperatura amena tanto no verão quanto no inverno. Algumas residentes começaram a reclamar e passaram a sacudi-la para poder pegar as roupas. Mas a Renascida se demonstrou esperta — em quinze anos de rua, precisou aprender a ser. Em troca de tranquilidade, propôs vigiar as roupas, acabando com os vários roubos que não paravam de acontecer. Em algumas semanas, a Renascida se tornou a vigia oficial da lavanderia, e o cargo a deixa feliz. Ela também ajuda as outras de tempos em tempos, levando roupas limpas até a quitinete quando uma residente está doente.

Ela teve, é claro, que reaprender a usar as máquinas — tinha esquecido isso e o resto. Na rua, ninguém lava roupas. Por não ter os oito euros necessários para usar a lavanderia automática, às vezes é mais fácil achar roupas doadas e jogar as antigas fora.

* * *

Quinze anos de rua são quinze anos de coma, diz ela. Ao sair é preciso se readaptar, recuperar os gestos do dia a dia. Cozinhar, dormir em uma cama, lavar louça, trocar lençóis, são muitos os desafios para uma ex-sem-teto. Os milhares de pequenos detalhes que formam o cotidiano foram perdidos pela Renascida, deixados na calçada. Salma e as funcionárias do Palais a acompanharam naquela longa reaprendizagem em forma de reabilitação, como a feita em pessoas que sofrem acidentes de carro ou são queimadas.

A Renascida confessa que teve três vidas: a anterior ao sofrimento, da qual nunca fala, e a da rua, que a engoliu, apagando a primeira. Daqueles anos cruéis, ela se lembra da falta, do frio, da indiferença, da violência. Na rua, eles nos tiram tudo, diz ela: o dinheiro, os documentos, o telefone, a calcinha. Até suas próteses dentárias foram roubadas. Ela também foi estuprada. Cinquenta e quatro vezes. A Renascida contou.

Cinquenta e quatro estupros. Cinquenta e quatro profanações daquele corpo ferido, exausto. Uma realidade inimaginável, que exames médicos acabaram por confirmar. A mídia nunca menciona isso — o estupro de mulheres sem-teto não é um assunto apresentável. Não é elegante o suficiente para passar no jornal das oito, quando a França está à mesa. As pessoas não querem saber o que acontece do lado de fora de sua casa, quando terminam de jantar e vão se deitar. Elas preferem fechar os olhos.

Dormir, sonhar. Um luxo que as mulheres sem-teto não podem ter. Do lado de fora, elas são prisioneiras. A miséria não impõe limites ao horror. A Renascida se lembra de ter sido acordada no meio da noite por chutes em um estacionamento em que havia se escondido. Lembra-se dos gemidos dos homens que se sucederam sobre ela, um grupo de pedintes bêbados. Prefere não falar do que fizeram com ela depois. É uma lembrança maldita, entre tantas outras que tenta esquecer.

Quando você dorme, você morre. É assim que a Renascida resume suas noites na rua. Tudo, menos sucumbir ao sono. É preciso caminhar, pegar um ônibus em uma direção, depois outra. Ela percorreu quilômetros. Foi de Paris a Nova York a pé. Em algumas noites, suas pernas a faziam sofrer tanto que ela tinha a impressão de que se desprenderiam do corpo. No entanto, não é possível parar. É uma espiral sem fim. Uma viagem sem destino. Uma partida sem chegada.

Para não ser agredida, a Renascida cortou o cabelo, escondeu os sinais de sua feminilidade. É assim, diz ela. Na rua, as mulheres têm de se esconder para sobreviver. Um ciclo infernal e vicioso: ao se tornar invisíveis, elas se apagam, desaparecem da sociedade. São como os Intocáveis, fantasmas rejeitados à periferia da humanidade.

O inferno durou quinze anos. *Mais ou menos quinze anos*, acrescenta a Renascida. Sem o sono, perdemos a noção do tempo. Na rua, ele se dilata, se estende como um balão de festa que enchemos demais. Paramos de contar os dias, os meses, os anos. As estações são a única marca. O pior é o metrô. É melhor não se aproximar. Quem se refugia lá não volta. Ele esquenta, é claro, mas mergulhamos mais rápido na escuridão. Nos corredores subterrâneos não é mais possível distinguir o dia da noite. As pessoas enlouquecem. Desaparecem. Ela perdeu muitos amigos, que sucumbiram à tentação das profundezas e nunca mais saíram delas.

É preciso ficar ao ar livre, custe o que custar. Manter-se de pé. Não naufragar. Álcool ou drogas pesadas, *dá no mesmo*, diz a Renascida. Ela sempre se recusou a tocar neles. Um pouco de vinho de vez em quando, quando estava muito frio, mas parava por aí. Assim como o metrô, o álcool é uma armadilha. Um poço sem fundo no qual é fácil mergulhar. É preciso ter o temperamento certo para resistir, ela é testemunha disso. A tentação de se afogar em uma garrafa é grande. Apesar da violência, da fome, do frio e das agressões, a Renascida nunca desistiu. É assim. Ela é uma força da natureza, explica. Vem do norte do país, e lá as pessoas são feitas de madeira dura — uma madeira que não se curva. Alguma coisa nela se manteve, alguma coisa queria continuar.

Depois de uma última agressão ainda mais devastadora do que as anteriores, ela foi parar no hospital, desacordada. Foi lá que encontrou a Anja, o nome que deu a uma jovem assistente social mais zelosa do que as outras. Horrorizada com seu estado, a Anja jurou tirá-la dali. Não foi fácil, para ser sincera. A Renascida não deixava ninguém se aproximar. Já havia ouvido promessas demais, não acreditava em mais nenhuma. A rua deixa as pessoas mais duras, mais desconfiadas, como animais abandonados e espancados. Mas não importou. A Anja lutou pela Renascida, a apoiou, acompanhou, carregou. Quase sem forças, sem braços, sem fôlego. A Renascida nunca mais esqueceria. A

Anja a ajudou a refazer seus documentos — fazia anos que tinham sido roubados, que a Renascida vivia sem identidade — e a receber o auxílio a que tinha direito. Foi necessário esperar muitos meses, preencher questionários, ir a entrevistas. Não parece complicado, mas trata-se de um desafio para um sem-teto. Sem noção do tempo, sem ninguém para acordá-los quando desabam depois de uma noite na rua, é quase impossível honrar compromissos.

Mas a Renascida tinha conseguido. Graças à Anja, ela superara todas as dificuldades. Claro, ela havia experimentado fracassos, desavenças, a vontade de desistir de tudo. Perdera algumas plumas. Mas as duas tinham conseguido. O pedido de entrada em um abrigo havia finalmente sido aceito, depois de meses de luta. Elas tinham comemorado a notícia comendo um prato de *fricadelle*, o preferido da Renascida.

A terceira vida havia começado ali no Palais. Quando chegou, a Renascida mal conseguia ficar de pé. Salma era testemunha disso. Pegara no sono em uma das poltronas da recepção, antes mesmo de pegar a chave do quarto. Exausta, ela adormecia em todos os cantos, às vezes no meio de uma frase, de uma discussão. Passava dias inteiros dormindo no grande saguão, na lavanderia, ao pé da cama nova à qual não conseguia se acostumar. Precisou de tempo para se habituar ao colchão.

Claro, a batalha ainda não tinha terminado. Ainda resta um caminho longo a percorrer, mas a Renascida está ali, viva. Tem um teto. Ninguém mais a acorda com chutes no meio da noite para violentá-la. Entre as paredes do Palais, ela tenta recuperar a dignidade que deixou em um banco muito tempo atrás. O mais difícil de recuperar é a autoestima.

Enquanto isso, mantém a cabeça erguida. A cabeça erguida, sempre. Este é o lema da Renascida.

Capítulo 23

Paris, 1926

"É uma loucura o que os Peyron conseguem. Eles têm um dom para isso!"

Entre os soldados do Exército, todos elogiavam o ânimo e a tenacidade dos dois comissários. Naquele início da primavera de 1926, as inscrições para o projeto do Palais de la Femme se esgotaram. No dia 6 de maio, o segundo milhão de francos foi obtido.

As obras tinham acabado de começar. A própria Blanche queria garantir que corressem bem. Ficava feliz quando visitava o canteiro, imaginando em detalhes como o lugar ficaria depois de renovado.

Cada quarto de nove metros quadrados seria dotado de um lavabo de granito esmaltado branco, alimentado com água quente e fria. As paredes seriam pintadas, e o piso, encerado. Cada unidade teria uma cama, um armário com uma área para pendurar roupas, prateleiras e gavetas, além de uma pequena mesa e uma cadeira. O prédio também teria dois dormitórios com vinte e cinco lugares para quem estivesse esperando vaga. Dependendo do andar, os quartos seriam pintados com várias cores: azul, verde, bege e cinza. Além das placas nas portas, o nome das ruas do bairro seria inscrito nos corredores para ajudar as residentes a se localizarem.

Nos espaços comuns, seriam criados uma lavanderia, uma sala de jantar, onde centenas de refeições poderiam ser servidas, uma sala de recreação, uma biblioteca que eles encheriam de livros, um ginásio, salas de costura, de reunião e uma de visitas. Por fim, as varandas no telhado seriam transformadas em áreas de descanso e creche, para que as residentes empregadas pudessem deixar os filhos em segurança.

Blanche já via seu Palais de la Femme: um refúgio para todas as mulheres que a vida havia maltratado, que a sociedade deixara de lado. Uma cidadela, onde todas teriam um espaço para si, um quarto aquecido, arejado e mobiliado confortavelmente. Um recanto de paz.

Um palácio para curar feridas e se reerguer.

No entanto, seu entusiasmo acabou diminuindo. Em sua sala na sede, Blanche confessou sua preocupação a Albin. As inscrições continuavam crescendo, sim, mas não era o suficiente. O valor exigido pelas obras era faraônico. A reforma acabou sendo especialmente cara. Tinha sido necessário derrubar paredes e construir outras, refazer varandas e pisos, mudar a posição dos lavabos, montar as cozinhas, reformar o aquecimento central e a iluminação, pintar milhares de metros quadrados de paredes e tetos. Eles ainda precisariam de mais um milhão e meio para pagar os serviços já contratados. Sem falar no reembolso do capital emprestado, no qual precisavam pensar...

Pela primeira vez, Blanche começara a ter dúvidas. Será que imaginara algo grandioso demais? Será que tinha sido ambiciosa demais ao começar aquele projeto? Ao tentar ajudar a causa dos empobrecidos, será que havia cedido ao pecado do orgulho e da vaidade? Tinha se considerado forte o bastante para superar todas as dificuldades, para convencer o mundo inteiro da legitimidade de sua ação. Será que o futuro daria razão a ela? Ou será que tinha enfiado o Exército em um buraco financeiro sem fundo?

Blanche estava perdendo o controle. Na Alsácia, aonde fora dar uma série de conferências, acabou desmaiando no final de um discurso. Tivera de ficar várias horas de repouso, sem conseguir se levantar. E voltara para Paris exausta, mais fraca do que nunca.

Albin estava preocupado. Nunca a vira daquele jeito. Sua Blanche, normalmente tão orgulhosa, tão destemida, cedia aos ataques do cansaço. Sua saúde vinha se alterando, a tosse não a deixava mais dormir. Ela sentia dor de ouvido, de dente, de garganta e uma enxaqueca a atormentava. O ciático a torturava, travando seus movimentos.

Durante as longas horas de insônia, Blanche se levantava, atormentada, e andava pela sala do apartamento. Não tinha o direito de fracassar, não tão perto. Pensava em todas as guerras em que tivera de entrar, em todas as batalhas de que participara desde que se alistara no Exército. Sua energia a abandonava, seu corpo a traía. Nas leituras, ela tentava achar o último recurso, a força para continuar lutando. Relia seu livro de cabeceira, *Coragem*, de J. M. Barrie, o autor de *Peter Pan*, em que sublinhara passagens durante toda a sua vida: "*Diante de vocês, existem anos gloriosos, contanto que vocês desejem que eles assim sejam. Então sigam em frente, como bravos guerreiros.*" Lembrava-se de Santa Teresa de Lisieux: "*O Senhor me concedeu a graça de não ter nenhum medo da guerra.*" Reencontrava os verso de Victor Hugo, seu caro Victor Hugo, cuja força adorava e cuja dedicação reconhecia:

"*Os que vivem são os que lutam, são os que têm
um propósito firme, que preenche a alma como ninguém.
Os que, por um destino abençoado, chegam ao topo do aclive,
Os que andam pensativos, tomados por um objetivo sublime.*"

Blanche sempre havia admirado aquele grande homem. Nas conferências, ela citava trechos de seu *Discurso sobre a miséria*. Pouco tempo antes, tinha escolhido um de seus poemas para publicar no *En Avant*:

"*Doem! Virá o dia em que a Terra nos deixará.
Sua doação lá em cima riquezas lhe trará.
Doe! Para que possamos dizer que ele tem pena de nós!
Para que o indigente que treme nas tempestades,
Para que o pobre que sofre ao lado das suas amenidades,
À porta de seus palácios, afixe um olhar menos atroz.*"

Desde a infância, Blanche havia sido uma leitora insaciável. Apesar das dificuldades da vida, ela nunca tinha parado de ler e sempre encontrava conforto e inspiração nas obras de seus autores favoritos.

Infelizmente, Victor Hugo não trazia mais nada a ela, e a voz de Blanche se apagava aos poucos, como uma luminária à noite, à medida que se esgota o óleo.

Foi Albin, o parceiro fiel e dedicado, o cúmplice de sempre, o companheiro de Exército e de vida, que achou as palavras para reerguê-la. Eles tinham prometido um ao outro naquele dia da bicicleta: se um caísse, o outro estenderia a mão. Era assim que os soldados agiam. Eram mais fortes a dois. Sozinhos, ninguém chega muito longe. Blanche se lembrava do que ele tinha dito.
Ele não tinha mentido. Albin estava a seu lado havia quase quarenta anos. Ele nunca fraquejara. Os obstáculos eram só pausas, disse ele, pedras no caminho. A dúvida fazia parte do percurso. A rota não era uniforme: havia trechos agradáveis, curvas complicadas e muitos espinhos, areia e rochedos antes dos campos cobertos de flores... Era preciso continuar avançando, custasse o que custasse. "Você é uma guerreira", murmurou ele uma noite, "um anjo vingador. Sua força é imensa. Sua vida vai deixar um legado imenso".

No dia seguinte, Blanche se levantou. A febre havia baixado durante a noite. Albin queria que ela continuasse em repouso, mas ela sorriu. "Não se preocupe", disse. "Vou ter tempo para me recuperar antes da próxima viagem. É melhor morrer na luta do que viver longe dela."

* * *

    E Blanche voltou a atacar a miséria, trajando o uniforme que nunca deixou de usar. Sua fé era sua arma. A confiança e o amor de Albin eram seus grandes aliados. Juntos, continuaram a percorrer o caminho com o qual haviam se comprometido, quase quatro décadas antes. E, apesar de os traços de seu rosto terem se emaciado, de seus passos serem um pouco menos firmes do que no passado, o amor continuava ali.

    E ele ia levá-los ao topo.

Capítulo 24

Paris, hoje

Um silêncio mortal reina no Palais.

Solène sente assim que passa pela porta: alguma coisa aconteceu. O balcão da recepção está deserto, assim como o grande saguão. Tomada por um pressentimento sombrio, ela segue em direção aos escritórios e bate nas portas. Ninguém atende. Ela acaba chegando à grande sala de reunião, onde encontra as funcionárias em torno da diretora. Todas têm o rosto sério. Salma vai em direção a Solène, os olhos vermelhos e inchados.

É a Cynthia, sussurra ela.

Fazia três dias que não aparecia. Algumas residentes passam semanas inteiras trancadas no quarto — mas aquilo não fazia o estilo de Cynthia. Salma ficou preocupada. Foi bater na porta dela, perguntou sobre ela às tias. Fazia um tempo que ninguém via nem ouvia a moça. Era uma calma suspeita. Salma pediu autorização para fazer uma cópia do cartão magnético usado como chave para os quartos.

Foi ali que ela a encontrou, deitada na cama. Sem vida. Cynthia tinha deixado uma carta na mesa de cabeceira. Salma nunca se esqueceria das palavras dela. Tinham ficado gravadas em sua memória como um testamento, um último grito de Cynthia antes da eternidade.

Ela dizia que fazia muito tempo que era tarde demais para ela. Era tarde demais desde sempre. Que seu nascimento não servira para nada. Que não era desejada. Que sua vida tinha sido apenas uma longa série de desilusões e sofrimentos. Que teria preferido não existir.

Que o filho era a coisa mais bonita que tinha acontecido com ela. Que ele lhe dera os únicos momentos alegres que ela havia vivido. Que ela esperava que ele fosse adotado e encontrasse pais que tomassem conta dele melhor do que ela havia conseguido.

Que tinha decidido ir embora com sua velha amiga, a droga considerada dura, mas que lhe prometia uma fuga tranquila.

Que não levaria a raiva com ela, que preferia deixá-la ali, entre as paredes do Palais.

Que guardaria apenas o sorriso do filho, a risada infantil quando lhe fazia cosquinhas.

A risada do filho, só isso.

Só isso, antes de partir.

Solène fica muda. Aquela perda a derruba. A morte de Cynthia era um fracasso de toda a sociedade. Do Palais, da Secretaria da Infância e da Adolescência. Dos orfanatos e dos pedagogos, de todos que Cynthia encontrara durante sua breve existência. Apesar dos esforços de uns e de outros, ninguém soubera ajudá-la, tirá-la da areia movediça em que afundava lentamente.

Você é igual às outras. Não serve para nada! Solène se lembra das palavras dela. A culpa a atropela, bate nela com a mesma violência do soco que Cynthia deu no computador naquele dia. Solène é atacada por perguntas. O que teria acontecido se tivesse aceitado ajudá-la?

Salma interrompe suas elucubrações. O que matou Cynthia não foi o barulho nos corredores, os carrinhos das tias, nem a quitinete nova que ela pedia sem parar e não conseguia. O que a matou foi o amor que nunca recebeu. Aquele vazio da infância, aquela falta jamais preenchida. A lacuna que nada nem ninguém conseguiu tapar, nem o amor de um filho nem a mais dura das substâncias. Podemos mudar de quarto, de bairro ou de país — sempre carregamos nosso mal-estar conosco, diz Salma.

A falta de amor havia matado Cynthia.

Ela é a única culpada.

Na antiga sala de culto, as mulheres do Palais se reuniram para prestar uma homenagem. Elas se revezam para fazer uma corrente de orações em nome de Cynthia. Em todos os idiomas, em todas as religiões.

Uma vigília foi organizada no grande saguão. Solène não teve coragem de voltar para casa. Ficou com as residentes e as funcionárias. Sentiu que seu lugar era ali, entre elas. Velas foram acesas. Um jantar foi improvisado em pratos de papelão e xícaras de chá foram distribuídas. Ouviram-se cantos, tomadas de palavra inesperadas no meio das conversas, alguém até trouxe um violão. Uma vaquinha foi iniciada para financiar o enterro, outra para ajudar o filho de Cynthia. Caixas de sapatos foram passadas entre as pessoas e cada um depositou o que queria nelas. A vigília durou a noite toda. Não foi silenciosa, recolhida, e sim agitada, confusa e bagunçada, à imagem de Cynthia.

As mulheres precisavam falar, trocar, pensar na companheira que não estava mais lá, a revoltada, em carne viva, que não gostava de ninguém e incomodava todo mundo. Apesar de sua violência e de seus escândalos, Cynthia era membra daquela comunidade. A irmã mais nova sacrificada. A mais turbulenta, a mais impertinente, a mais insuportável. A mais desesperada.

Solène deixa o abrigo de manhãzinha, arrasada de cansaço e tristeza. À luz cinzenta do amanhecer, o Palais aparece sob um tom diferente. Não é mais aquela fortaleza de traços tranquilizadores, aquele refúgio, aquele navio que recolhe os excluídos da sociedade. Não é mais a Arca de Noé, e sim um navio que está naufragando. Ele deixou uma de suas protegidas se afogar. Transformou-se em túmulo.

O grande saguão nunca mais ecoará os gritos de Cynthia. Ameaçada de exclusão, a jovem achou um jeito de fugir. *Não me expulse, eu mesma já vou.* Para ela, não haveria mais salvação nem esperança, pensa Solène. Apenas a morte, que vem, nos pega pela mão e nos convida para dançar no escuro.

Capítulo 25

Faz três dias que Solène não sai de casa. Nem desce mais até a padaria. Não respondeu às mensagens preocupadas de Léonard. Eles tinham de se encontrar, como todo mês, para analisar o andamento da missão. Solène não tinha ido encontrá-lo nem se preocupado em desmarcar. Para quê? Não queria ouvir a voz animada de Léonard, suportar seu entusiasmo inabalável. Não aguenta mais as pessoas que estão bem, bem demais. Apenas o deixa lá, em seu escritório entulhado, com seus dinossauros de argila e seus desenhos.

Ela não conhecia Cynthia de verdade. Só havia falado com ela uma vez, no dia da briga. No entanto, sua morte a derrubou. Por que aquele desânimo? Por que tanta tristeza? Solène não entende.

Então, de repente, a imagem se forma. O corpo de Arthur Saint-Clair, no piso de mármore do tribunal.

A morte em seu caminho, mais uma vez. A morte decidida, escolhida, daqueles que ela não pôde ou *não soube* ajudar. A morte de Cynthia a faz voltar à de seu cliente, como um bumerangue que retorna direto no meio da cara. Ela traz de volta a sensação de impotência, de culpa, o vazio abissal que se abriu sob seus pés. O espectro da depressão ressurge. Solène sente seu hálito frio sobre ela, seus dedos gelados que tentam arrastá-la.

O psiquiatra mentiu. O trabalho voluntário não adiantou de nada. Solène voltou a cair em um poço sem fundo. Achou que estivesse curada. Estava errada.

Léonard volta a ligar. Diante da insistência dele, ela acaba atendendo, com uma voz desanimada. Fala sobre a morte de Cynthia, seu desespero. A tragédia acabou com suas ilusões. Ela a fez entender os limites de sua dedicação. Essa constatação é muito amarga. As palavras não servem para nada. Cynthia tinha razão. Não eram as palavras que iam mudar o mundo. Pelo menos, não as de Solène.

Ela não queria continuar a missão no Palais. Vai ligar para a diretora e explicar. Não foi feita para aquele tipo de luta. Não sabe o que fazer com a tristeza daquelas mulheres, cujas vidas destruídas se chocam contra a dela, a despedaçam ainda mais. Não tem coragem de continuar.

Está tentando se proteger, seguir os conselhos que Léonard lhe dera. Manter certa distância, tinha dito ele, era o melhor. Ninguém pode incorporar os dramas de todas as pessoas que se confiam a ele. É preciso saber se preservar, mas Solène não sabe como. É incapaz de vestir uma carapaça ao entrar no Palais e de tirá-la ao sair. Não leva jeito para tartaruga nem crustáceo. Sua carapaça está se enchendo de água, e essa água transborda por todos os lados.

* * *

Claro, ela obteve certas vitórias — minúsculas, que a encheram de alegria. Mas foram apenas grãos de areia, varridos pela morte de Cynthia. Solène não tem mais forças para lutar. Os ventos contrários são violentos demais. Entre as paredes acolhedoras do abrigo, ela acreditara ser capaz de ajudar aquelas mulheres, de inverter o curso do destino delas através de uma carta ou do reembolso no valor de poucos euros. Vaidade. Solène é apenas um beija-flor, um passarinho insignificante de bico estreito demais, que corre de um lado para outro, em vão, diante de um incêndio.

Vai voltar ao direito. Não como advogada, já que vai sentir que está dando um passo para trás e não quer voltar ao excesso de trabalho do escritório. Mas pode tentar uma vaga na universidade. Virar professora, como os pais. Não é o futuro com o qual sonhava, mas seus sonhos, no fim das contas, não a levaram a lugar algum. Ela menciona o romance que tinha prometido escrever. Não consegue fazer aquilo. Sabe encontrar palavras para os outros, mas para si mesma elas não vêm. Falta inspiração. Sem dúvida, não foi feita para aquilo.

Léonard a ouve sem interromper. Depois de um longo silêncio, confessa que está com frio. Está parado na rua, à porta do prédio de Solène, com alguns *pains au chocolat*. Aceitaria de bom grado um café — ou um chá, se ela o chamar para subir.

Os dois ficam muito tempo conversando, no sofá da sala. Léonard entendeu de cara que o jogo havia acabado:

nada que pudesse dizer influenciaria a decisão de Solène. Ela está de luto por sua missão no Palais e pela vida com que havia sonhado. Ele entende a decepção dela. Solène se mostra como é, pela primeira vez. Ela revela sua fragilidade, menciona o *burnout* e o suicídio de Arthur Saint-Clair, o acontecimento que fez sua vida mudar. Revela tudo que havia escondido no primeiro encontro dos dois. Não tem mais nada a perder, mais nada a esconder.

Léonard fica emocionado com a franqueza dela. Ele nunca havia imaginado o que ela havia sofrido. Confessa que também quase naufragou, alguns anos antes, quando sua ex-companheira o deixou. Ela era mãe de duas crianças pequenas quando se conheceram. Léonard amou os meninos, os ninou e criou como se fossem dele. Viveu dez anos felizes ao lado deles antes que lhe fossem arrancados. É um fato: a sociedade não planeja nada para os padrastos e madrastas abandonados. Nem guarda nem visita. Quando não temos parentesco com a criança, não temos direitos. Não existimos mais. Desaparecemos, somos apagados da vida da criança como uma silhueta que some de uma foto antiga, como um rosto cujos traços não conseguimos guardar. Léonard confessa que ficou desesperado. Com a separação, ele não tinha perdido apenas a companheira, mas toda uma família. Tinha ficado órfão. Da vida antiga, não lhe resta nada, a não ser alguns desenhos que as crianças tinham deixado. Dez anos que cabiam em três folhas de papel.

Solène não diz nada. Ela o escuta, sentada ao seu lado no sofá. Também é uma sobrevivente da solidão. Conhece o vazio e o silêncio. Os apartamentos nos quais nos perdemos por falta de ter alguém com quem conversar. A angústia que nos domina quando a noite cai. O desespero de acordar sozinho pela manhã. A ansiedade dos fins de semana e dos feriados, aquela sequência de longos dias solitários, em que matamos o tempo para não nos matarmos. A impressão de que a vida escorre por entre nossos dedos, como areia. Como um trem que não podemos parar e não decidimos pegar.

É, ela havia vivido tudo aquilo.

Léonard não tem nenhum conselho para dar. Não conhece a receita da felicidade. Alguns podem ser bons naquilo, mas ele não. Desde aquela grande tristeza, ele tenta simplesmente saborear cada dia de sol que a vida lhe traz, apreciar as pequenas coisas do dia a dia: um novo encontro, uma carta a escrever, um chá a compartilhar. Aquelas muletas lhe fazem bem. Quanto ao romance de Solène, ele a incentiva a continuar escrevendo. Se a inspiração ainda não veio, talvez seja porque ela ainda não achou o tema certo. As palavras são borboletas, frágeis, voláteis. É preciso ter a rede certa para pegá-las.

Dizendo aquilo, Léonard vai embora. Ele lhe deseja boa sorte na caça aos lepidópteros e agradece pelo chá. E também pelas horas de dedicação ao Palais. Era preciso ter coragem para ir até lá, passar por aquelas portas e achar seu lugar entre aquelas mulheres. Solène demonstrou empatia, generosidade e paciência. Pode ser apenas um beija-flor, mas suas asas são imensas.

Se ela mudar de opinião, pode ligar para ele.

Sabe onde encontrá-lo.

Solène está um pouco atordoada. As palavras de Léonard a desestabilizaram. O estranho é que ele não tentou convencê-la a retomar sua missão no Palais. Normalmente tão insistente, naquele dia ele a deixou com as próprias perguntas.

Ela vai se sentar na cozinha e pega o pote de balas. Pôs nele todas as oferendas de Sumeya, cada docinho que a menina lhe deu. O pote de geleia se encheu à medida que ela prestava serviço no Palais. Uma bala por sessão.
Solène adora doces, mas não tocou naqueles. Ela os guardou, como guardamos um tesouro secreto. Naquela noite, na solidão de seu apartamento, ela abre o pote e começa a comer as balas, uma a uma. E, para cada uma delas, um momento no Palais lhe vem à memória.
Solène pensa em Binta, Salma, Viviane, Cvetana, Iris, na Renascida, em todas as mulheres que conheceu. Pensa nas aulas de zumba, nas xícaras de chá, na vigília por Cynthia, naqueles momentos que compartilhara ali. Com os ursinhos de caramelo, as garrafinhas de Coca-Cola, os delicados, as gelatinas, as balas de morango, os azedinhos, os marshmallows, as balinhas em forma de Smurf e jacaré, o gosto pela vida volta — doce demais, picante, nojento, vivo, mas presente.

Ela se diz que é muito tarde, tarde demais para Cynthia. Sua morte é injusta, intolerável, inaceitável. Para cada Sumeya salva, muitas outras se afogaram.

É tarde demais para ela, mas não para as outras. Há muitas mulheres feridas nas ruas. Não é preciso ir muito longe para encontrá-las.

Justamente, há uma perto dali.
No térreo, de joelhos, em frente à padaria.

Capítulo 26

Ela se chama Lily.
Na verdade, é Aurélie, mas ela detesta o nome escolhido pela mãe. Não tem nada a ver com ela. Lily é mais estiloso. É chique. Deixa a pessoa em certo nível.

Quando Solène a aborda em frente à padaria, ao cair da noite, para chamá-la para tomar um café, a jovem sem-teto faz uma cara de surpresa. Faz semanas que elas se encontram, sem realmente conversar. Solène lhe dá moedas e um croissant de tempos em tempos. Ela a cumprimenta, sorrindo. Não é muito, mas já é alguma coisa. Um esforço que outros não fazem.

Solène a convida a ir até um restaurante próximo dali. Lily está com fome. Ela escolhe um hambúrguer com fritas — com muito ketchup, pede ela ao garçom. Ela adora. Um pouco intimidada, responde às perguntas de Solène enquanto devora a comida. Tem dezenove anos, quase vinte, seu aniversário é em 9 de dezembro. Ela confessa estar ansiosa para envelhecer. Aos vinte anos, ninguém tem direito a nada. Ela pertence ao círculo dos "Três nem", uma expressão inventada por sociólogos para designar os jovens no caso dela: nem no trabalho, nem na escola, nem na faculdade. Lily descobriu a expressão no jornal em que se senta todos os dias para sentir menos frio.

Ela conta sua história para quem quiser ouvir. Uma infância no interior, ao lado de uma mãe exuberante e simpática — histérica, segundo alguns. O pai de Lily logo entendeu que estava sobrando e foi embora. No início, ia ver a filha no fim de semana ou nos dias de folga. Depois parou. Ele teria gostado de levá-la para viajar nas férias, de passar tempo com ela, mas a mãe sempre se opunha. A criança que havia carregado e posto no mundo lhe pertencia. Era sua coisa, seu troféu. *Veja como minha filha é bonita.*
Veja.
Lily cresceu em plena apneia, entre os dois cômodos do pequeno apartamento da família e a doceria que a mãe havia herdado. Nunca lhe faltou carinho, mas ela costumava sentir que lhe faltava ar. O amor maternal a sufocava, a absorvia por completo, a digeria. Não identificava a fronteira entre o "eu" e o "você". A mãe e a filha dormiam na mesma cama, dividiam as mesmas roupas, os mesmos sapatos. A mãe tinha poucos amigos. Dizia que *não precisava de mais ninguém. Você me basta.* Ela dizia: *Estamos bem assim.* E Lily acreditava nela.

Aquele amor a esmagou, a massacrou.

* * *

Quando cresceu, a pequena Lily se tornou bonita. Infelizmente, ela agradava aos homens. A mãe havia notado isso: na doceria, alguns deles se demoravam diante dos bolos quando a menina os servia. Outros apareciam com mais frequência do que antes. A mãe surpreendia os olhares insistentes sobre o corpo de Lily. Ela então pegava os folhados das mãos da filha e pedia que ela verificasse o ponto dos *beignets* no forno, nos fundos da loja. A adolescente não tinha o direito de reclamar, já havia entendido. O ciúme da mãe era acompanhado por uma forma de apropriação. Todos os outros tinham sido excluídos da relação delas.

Então Manu apareceu. Eles se conheceram nos corredores da escola profissional em que Lily estudava, um curso de doceiro. Ela se apaixonou por ele, como nos apaixonamos aos dezesseis anos. Juntos, saíam escondidos, iam a festas e voltavam às seis da manhã. Com ele, Lily descobriu a liberdade. Ela adorava sua tranquilidade, aquela maneira de viver sem pensar no amanhã.

A mãe começou a ficar deprimida na ausência dela. Tentava impedir a filha de sair, fazia chantagem, ameaçava cortar sua mesada se ela mantivesse aquela relação. Dizia: *Tome cuidado, ele não ama você*. Criticava Manu, encontrava todos os defeitos do mundo nele, tornando a imagem do rapaz cada dia pior.

Em vez de desanimar Lily, aqueles discursos maternais a afastavam cada vez mais do apartamento da família. Ao ver que estava perdendo o jogo, a mãe mudou de estratégia. Chamou Manu para jantar e até ofereceu um emprego para ele na doceria durante o verão. Parecia decidida a fazer as pazes. Surpresa com aquela mudança, Lily ficou muito feliz. E não desconfiou.

Um dia, depois de sair para entregar uma encomenda, Lily voltou antes do previsto. E encontrou a mãe e Manu nos fundos da doceria, abraçados, seminus. Lily nunca esqueceria a expressão da mãe naquele dia. Em seus olhos, havia um tipo de alegria, de revanche. Havia ódio.

Ela não disse nada. Apenas pegou suas coisas e o primeiro trem para Paris. Nunca mais deu sinal de vida. Duplamente traída e ferida, encontrou abrigo na casa de uma prima, que a acolheu por certo tempo, depois pediu que ela fosse embora. Tinha acabado de conhecer um homem, precisava de privacidade. Lily não ficou chateada. Passou por muitos divãs e sofás-camas em relacionamentos efêmeros antes de se tornar uma sem-teto.

Ela procurou emprego. Docerias não faltam em Paris, pensava. Mas logo ficou desanimada ao perceber que o setor estava saturado. Um dos doceiros para quem havia entregado o currículo tinha recebido inscrições de trinta candidatos. Ele só podia escolher um. A midiatização dos programas de culinária tinha feito surgir muitas vocações, mas o mercado não havia acompanhado, explicara ele. Até as marcas mais prestigiosas vinham passando por dificuldade devido à concorrência com as docerias industriais.

A procura por emprego tomou a forma de um longo túnel, que levava à precariedade. Ela tentou entrar em contato com o pai, mas não conseguiu. Ele havia refeito a vida no exterior — em Bali, pelo que ela havia entendido ao telefone, ou algo assim.

Lily se lembra da primeira noite que passou na rua. Foi em um mês de junho. Não tinha dinheiro suficiente para pagar um quarto de hotel. Não estava muito frio. Então ela decidiu se instalar em um banco — só daquela vez, pensou.
Aquela vez se repetiu no dia seguinte e nos dias que vieram depois.
Aquela vez dura há meses.

Ela já pensou em voltar para o lugar de onde veio, é claro. Mas não quer voltar a ver a mãe. Apagou toda a vida que teve antes. Na pequena cidade em que cresceu, Lily teria vergonha de esmolar. Não suportaria encontrar alguém que conhecesse. Ali, ao menos, é anônima. É uma entre muitas outras na rua.
Ela havia jurado nunca pedir esmola, nunca chegar àquele extremo. Teve de se resignar a isso. Do frio ainda é possível se proteger, mas contra a fome é impossível lutar. Ela contorce nossos intestinos e nosso estômago. Fazia dois dias que Lily não comia nada. Então ela se escondeu atrás do papelão no qual escreveu "Me ajude" e chorou. Ninguém viu suas lágrimas. Não queria mostrá-las. Eram tudo o que restava de sua dignidade.

Pensando bem, achava sua vida parecida com um conto de fadas ao contrário. Ela adorava os que a mãe contava para ela quando pequena. O fim, inegavelmente positivo, a tranquilizava. Mas ali não existe final feliz. A princesa foi transformada em sem-teto. O sapatinho de cristal não é nada além de um tênis usado, furado de tanto andar pelo asfalto. O reino de Lily é uma sucessão de bulevares; o castelo, uma calçada varrida pelo vento, e a coroa, um gorro de lã que esconde seus cabelos emaranhados. O vestido é uma superposição de *leggings* e calças — para evitar que suas coisas fossem roubadas, ela decidiu usar todas. Os companheiros não são os ratinhos bonitinhos dos desenhos animados, mas ratazanas tão famintas quanto ela, que andam à noite nos apartamentos abandonados onde ela consegue se abrigar.

Uma amiga que ela conheceu em um Sopão lhe aconselhou a se maquiar e ir a uma boate. Lily tem dezenove anos, é bonita. Os encontros de uma noite não duram, mas ao menos permitem que ela durma em uma cama — com um pouco de sorte, o homem até oferece o café da manhã. Lily aceitou fazer aquilo uma ou duas vezes. Mas não aguentou. Sentiu-se suja, maculada por uma mancha que banho nenhum poderia apagar. Então parou. Ela ainda prefere pedir dinheiro a se prostituir por uma cama e um pouco de café.

No geral, as pessoas do bairro são bem simpáticas. Todo dia, Lily consegue dinheiro suficiente para comer. E também há as fadas boas. Nanou, a cozinheira do bistrô do outro lado da rua, que a deixa usar o banheiro do restaurante para escovar os dentes e se lavar. Ou Fatima, a zeladora do prédio vizinho, que lhe deu o código do portão e fecha os olhos sempre que Lily sobe até o último andar, para os apartamentos vazios. Infelizmente, já faz algum tempo que a porta não abre mais. O código deve ter sido mudado, e a zeladora, saído de lá.

Quando perguntam como ela imagina seu futuro, Lily não responde. Perdeu contato com ele já faz muito tempo. Evaporou. O futuro é passado.
Lily tinha sonhos. E talento também — ouviu isso dos professores quando obteve o diploma do curso profissionalizante. Você vai ser uma doceira excelente, tinha sussurrado a professora que lhe entregara o diploma. Lily se sentira orgulhosa.

Agora, ela contempla os bolos através da vitrine da padaria diante da qual se senta para esmolar. Ela tem talento, sim, mas ninguém vê isso. Ninguém sabe.

Ninguém, a não ser, talvez, Solène.

Ao ouvir a história da jovem sem-teto, Solène é tomada por uma ideia maluca. Concebe um projeto maluco, descabido e imenso.
É um projeto de vingança. Uma revanche contra a miséria. Solène não vai deixá-la vencer a guerra. Ela perdeu uma batalha, perdeu Cynthia. Mas a luta não terminou. Vai subir ao ringue e lutar, encarar a tristeza. Não vai ter pena. Vai ser olho por olho, dente por dente.
Para cada perdida, há uma a ser salva.
Solène faz aquela promessa para si mesma naquela noite. Vai tirar Lily da rua para compensar a morte de Cynthia.
Redigir cartas não vai bastar. Vai ser preciso lutar, ativar sua rede de relacionamentos, usar seus contatos no Palais.

Falar com a diretora, as assistentes sociais, Salma, as voluntárias e as funcionárias. Solène vai ter de demonstrar coragem, paciência e tenacidade. Mas a vitória não é impossível, ela sabe disso. Se a Anja da Renascida tinha conseguido, por que não ela? Dispõe do tempo, da força e da energia necessários.

Cynthia tinha razão. Às vezes, palavras não bastam.

E, quando não têm serventia, é hora de agir.

Capítulo 27

"*É preciso ter fé no trabalho e nos métodos, acreditar que alguma coisa vai acontecer, e ela acontece.*"

WILLIAM BOOTH

Paris, 1926

Com os olhos voltados para o alto, Blanche contemplava a inscrição gravada na fachada: Le Palais de la Femme. Ela pôs a mão na de Albin, que estava a seu lado.

Tinham conseguido.

Nas semanas anteriores, eles haviam trabalhado arduamente, quase dia e noite. A campanha de doação se intensificara. Os Peyron haviam multiplicado os discursos, artigos, conferências e ações. Tinham conseguido finalizar aquela obra gigantesca. O Palais não era mais uma quimera. Ele tornara-se real. Estava ali, diante deles, reto e majestoso, marcado pela insígnia do Sangue e do Fogo do Exército de Salvação.

* * *

O Palais de la Femme foi inaugurado oficialmente em 23 de junho de 1926. O general Bramwell Booth veio de Londres para a ocasião. Naquela tarde, quase duas mil pessoas se espremeram no imenso salão de recepção. As grandes personalidades do comitê de honra subiram ao palco ao lado do representante do presidente da República. O sr. Durafour, ministro do Trabalho e da Higiene, declarou "sua gratidão, admiração e reconhecimento" ao Exército de Salvação. Albin tomou a palavra, exausto, mas radiante. Graças às inscrições, três milhões de francos tinham sido obtidos! Contra qualquer expectativa, ele então pediu... um quarto milhão, indispensável para cobrir as taxas de instalação, que superavam em muito as previsões. A luta tinha de continuar!

Enquanto ouvia os discursos, Blanche pensou em todas as batalhas que teve de liderar. Pensou na Marechal, que conhecera em Glasgow tanto tempo antes, e na pergunta que ela fizera: *"E você? O que vai fazer da sua vida?"* Ela sentia que a resposta estava ali, entre as paredes daquele abrigo, daquela fortaleza dedicada às mulheres empobrecidas. Pensou em todas que, um dia, encontrariam abrigo ali e seriam salvas. Pensou nas freiras que residiam naquele convento e tinham sido expulsas, nas que estavam enterradas ali, sob os pés de todos.

O rosto dela carregava a marca das guerras travadas, das lágrimas derramadas, das decepções sofridas, da ingratidão e do desprezo que fora preciso vencer. Blanche estava de pé em seu palácio, exausta, mas viva. Tinha orgulho de suas cicatrizes e estava carregada de troféus.

Seus filhos estavam na plateia: os três meninos e as três meninas, também alistados no Exército, todos de uniforme. São todos bonitos e corajosos. Seus filhos lutaram na Primeira Guerra Mundial. Suas filhas tinham se alistado muito jovens no Exército. Dali a alguns anos, Irène, a mais velha, seria nomeada comissária e chefiaria a organização junto com os pais. Evangeline tinha vindo da Inglaterra. Estava ali, a amiga de sempre, cuja afeição por Blanche nunca fora desmentida. Ela nunca havia quebrado o juramento que as unia. Ainda solteira, Eva dedicara a vida ao Exército.

Blanche viu também Isabelle Mangin, a "*Manginette*", como ela a chamava, a pequena modista da rua du Quatre-Septembre que se alistara junto com ela no Exército. Juntas, tinham conhecido a amargura do início, a fome, a falta, o frio. Tinham rido e chorado. Tinha sido àquela primeira aliada, àquela fiel soldada, que Blanche escolhera confiar a direção de seu palácio. Entre suas mãos, o gigantesco navio não se perderia.

No início de julho, o Palais abriu as portas para as primeiras residentes. Entre elas, Blanche reconheceu a jovem mãe e seu bebê que havia encontrado tremendo de frio em um acampamento do oitavo distrito sob a neve. Eles tinham sobrevivido, encontrando refúgio em uma pensão miserável e se alimentando toda noite da sopa distribuída pela Soupe de Minuit. A moça sorriu para ela no saguão do Palais, com a filha nos braços, e, para Blanche, aquela era a imagem da vitória, a verdadeira, a mais autêntica, a única digna de interesse.

Mas se o momento de glória havia chegado, a luta não havia terminado. Os Peyron já tinham começado uma nova guerra. Blanche tinha outros projetos, a Maison de la Mère e de l'Enfant, uma casa para mães e filhos. Já Albin trabalhava na criação de uma Cité de Refuge, para os refugiados, no oitavo distrito e queria entregar o projeto de novas habitações sociais ao arquiteto Le Corbusier.

Em 7 de abril de 1931, a Association des Œuvres françaises de Bienfaisance de l'Armée du Salut, responsável pelas obras beneficentes do Exército de Salvação, foi declarada de utilidade pública. A organização de William Booth, por muito tempo criticada, foi reconhecida de forma unânime.

No mesmo ano, em 30 de abril, Blanche recebeu, depois de Albin, o título de Cavaleira da Legião de Honra, entregue no grande salão do Palais. No mesmo dia, também festejaram o aniversário de quarenta anos de casamento. Comemoraram as duas ocasiões juntos, reunindo os filhos e os netos.

Mas aquelas alegrias tiveram curta duração. A saúde de Blanche piorou de forma brutal. Algum tempo depois, o dr. Hervier descobriu uma metástase. Blanche recebeu a notícia com coragem. Preferiu não dizer nada, guardar o segredo. Recusou a morfina e os remédios que lhe propunham, até o fim. Tinha combatido com orgulho na vida, não vacilaria diante da eternidade.

Albin ficou ao seu lado até o último instante. Ele a velava, dia e noite.

Quando sentiu que as forças a abandonavam, ele se aproximou e murmurou as palavras que havia escrito muito tempo antes, toda uma vida antes — eles tinham acabado de se casar e Blanche havia recebido uma missão que a levaria aos Estados Unidos. "*Guardo você com tanto cuidado quanto você me leva*", dissera ele.

Albin sussurrou aquelas palavras uma última vez para aquela com quem havia compartilhado sua vida, para seu *anjo guerreiro* que largava as armas, seu *sol* que nunca tinha parado de brilhar, cujos raios se apagavam lentamente naquela tarde de maio. Ele disse a Blanche que ela havia combatido o bom combate e já tinha o direito de descansar. Prometeu que sobreviveria a ela por apenas alguns anos, apenas tempo suficiente para completar a obra deles e construir os outros palácios que os dois haviam imaginado juntos.

De repente, Blanche estava ali. De pé, diante dele. Não era mais aquele corpo enfraquecido e agonizante, e sim uma jovem oficial de vinte anos, orgulhosa e cheia de vontades, na estrada de terra. Ela olhou para Albin e sorriu, antes de subir na bicicleta.

Então largou a mão dele e correu para a luz.

Blanche faleceu em 21 de maio de 1933. Em seu uniforme salvacionista, partiu para outros céus, para liderar outras batalhas.

O velório aconteceu em 24 de maio, no salão de recepção do Palais. Albin não pudera aceitar que a homenagem à sua mulher acontecesse longe daquele lugar. Se certas guerras merecem um exército, o de Blanche estava encarnado ali. Ela estava ali, naquele prédio que revelava a força de sua dedicação. Albin mandara que as paredes fossem cobertas de panos brancos — não queria nada de preto nem nenhuma cor escura naquele dia. Nem flores, nem buquês, nem coroas — Blanche não teria desejado aquele tipo de decoração.

O único buquê que ornava o caixão viera de uma menininha de sete anos. Ela pousara sobre ele um punhado de flores do campo, que ela mesma colhera. Aquela criança era o bebê que Blanche havia salvado do abismo, a menina de quem ela quisera cuidar, construindo para ela um palácio.

As residentes assistiram à cerimônia. Estavam todas presentes, inclusive as mais idosas, que haviam tido que receber ajuda para caminhar até lá. Todas haviam deixado os outros andares, os quartos, as cozinhas, os corredores e descido a grande escadaria. Foram centenas a se juntar no imenso salão do térreo, destinado às árvores de Natal e às festas. A sala estava lotada, nem todas puderam entrar. A multidão se espalhava por todos os cantos: pelos corredores, pelo grande saguão e até pela rua. Havia ali todas as religiões, todas as origens misturadas: salvacionistas, protestantes, judeus, católicos, livres-pensadores, amigos, admiradores, escritores, sábios, funcionários públicos, políticos, mulheres ricas, operárias, prostitutas... Dos mais poderosos aos mais empobrecidos, todas as classes da sociedade estavam representadas.

A multidão permaneceu de pé durante a homenagem fúnebre. Depois, o cortejo se pôs em marcha e tomou a direção da Gare de Lyon, cercando o caixão de Blanche, carregado por Albin e os filhos. Nas ruas silenciosas, os motoristas observavam aquela estranha procissão passar, misturando, sem discriminação, prefeitos e indigentes.

Blanche foi enterrada em Saint-Georges-les-Bains, na cordilheira das Cevenas, onde ela gostava de ir para descansar. Naquele *templo ao ar livre*, como ela gostava de chamá-lo, seu túmulo fica voltado para o sol nascente. A pedido dela, nele foram inscritas as palavras de Jó, as mesmas que lhe foram tão caras durante toda a vida:
"Então, amontoarás ouro como pó e o ouro de Ofir, como pedras dos ribeiros."

Mas se o corpo de Blanche descansava em sua última morada, sua alma estava em outro lugar, e Albin sabia disso. Ela estava naquele saguão, naqueles corredores, naquela sala de recepção, naqueles quartos, em cada canto daquele palácio. Estava em cada mulher que o habitava, em todas aquelas que, um dia, virão a se refugiar nele. A história não se lembraria de seu nome. O mundo esqueceria quem foi Blanche Peyron. Mas aquilo não importava porque ela não havia vivido pela glória. Uma coisa dela, no entanto, sobreviveria. Seu Palais. Ele enfrentaria o tempo e os anos. Ali estava a posteridade. O resto não lhe interessava.
No fim das contas, o resto nunca lhe interessara mesmo.

Capítulo 28

Paris, hoje

Chegou alguns dias antes do Natal. Um envelope longo e fino, maior dos que os utilizados para as cartas comuns. Salma a viu na hora, em meio à pilha de cartas entregues ao Palais naquela manhã. Notou a escrita elegante, as maiúsculas finamente traçadas, a gramatura nobre do papel.

Era uma carta para Solène, endereçada ao Palais.

Vinha de outro palácio, longe dali, povoado por cabeças coroadas.

Quando Salma a entregou, Solène imediatamente adivinhou o que aquele envelope continha. Ela soltou uma risada incrédula, sonora e luminosa, que preencheu toda a recepção e o grande saguão. Em um instante, o Palais ecoou sua alegria, lançada na cara da tristeza como um punhado de confetes. Fazia muito tempo que Solène não ria tanto.

Ela não abriu o envelope, não se sentia autorizada a fazer isso. Correu pelos corredores, com pressa de entregá-la à destinatária — ela mesma era apenas uma simples intermediária.

Cvetana deixava sua quitinete quando Solène surgiu diante dela, com a carta na mão, emocionada, sem fôlego, animada como uma criança diante de um presente que esperou por muito tempo. Cvetana a encarou com uma expressão surpresa e pegou a carta que ela lhe entregou. Observou o envelope e o cabeçalho do Buckingham Palace, antes de enfiá-lo em seu carrinho e se afastar, sem dizer nada, sem nem um obrigada. Solène ficou parada, no meio do corredor, arrasada.

Então pensou que aquelas mulheres nunca deixavam de surpreendê-la. E, para ser sincera, ela gostava daquilo. Ali, as regras do jogo eram esquecidas, as cartas embaralhadas e redistribuídas sem parar. A vida sempre pronta para ser reinventada.

Ao voltar ao grande saguão, Solène encontrou uma multidão reunida em torno de Binta. As tias se espremiam ao lado dela, passavam uma foto que todas comentavam. Elas se afastaram quando Solène se aproximou. Binta olhou para ela, os olhos brilhantes, e entregou a foto.

É ele, explicou ela. *É meu filho. Ele escreveu.*

Solène pegou a foto de Khalidou. Um belo menino de oito anos, já forte, sorridente. Uma onda de emoção a invadiu. Lágrimas surgiram em seus olhos, como vários riachos que ela não podia conter. Uma das tias suspirou. *Vai começar de novo*, sussurrou ela. *Ela vai começar a chorar de novo.*

* * *

E Solène sorriu, pensando que talvez nunca conseguisse ser escritora, talvez nunca fosse uma grande romancista, mas era uma caneta, uma pena. E, sim, tinha orgulho daquilo. Era uma pena de beija-flor a serviço daquelas mulheres que a vida havia maltratado, mas que mantinham a cabeça erguida, sempre erguida, como a Renascida.

O grande jantar de Natal do Palais será realizado naquela noite. Ele acontece no imenso salão de recepção, aberto para as grandes ocasiões. Uma árvore gigantesca foi decorada. Uma mesa imensa está posta. Todas as residentes estão ali, assim como a diretora e as funcionárias, as assistentes sociais, as pedagogas, as contadoras, as faxineiras, voluntárias e permanentes. Solène também foi convidada. Pela primeira vez, ela recusou o convite dos pais para a festa tradicional de todos os anos. Eles ficaram surpresos. Ela explicou que tinha outros planos para a noite e passaria no dia seguinte para dar um beijo nos dois.

Ela chamou Léonard para acompanhá-la. O convite não foi totalmente desinteressado. Solène queria um voluntário para vestir a fantasia de Papai Noel e distribuir presentes para as crianças. Era sua vez de contratá-lo! Léonard riu e logo aceitou, feliz por ter companhia nas festas de Natal, que costuma passar sozinho desde que a mulher com quem vivia fora embora.

Sobre a imensa mesa, estão reunidos os pratos trazidos pelas residentes. Todas puseram a mão na massa na cozinha. Binta preparou seu *foutti* e vestiu sua roupa de festa: um *bléénj* com as cores da Guiné. Ao lado dela, Sumeya usa o pulôver que Viviane tricotou para ela — não queria usar nenhuma outra roupa. Perto dali, a incansável tricoteira continua agitando as agulhas: o inverno está rigoroso, ela tem várias encomendas para entregar. Depois de muitas negociações, a Renascida finalmente aceitou vir sem as sacolas. Pela primeira vez, aceitou deixá-las no armário. Mas confessa que não está tranquila — mais tarde vai verificar se ainda estão lá.

As tias tiraram as túnicas de festa do armário e puseram seus colares e joias, que tilintam em torno delas como minúsculos grilos. As estampas formam um arco-íris, um turbilhão de cores no centro do salão do Palais. Passando de grupo em grupo, Cvetana exibe com orgulho o autógrafo da rainha da Inglaterra. *Nós já o vimos mil vezes*, afirma uma das tias, irritada. *Isso já está ficando cansativo.*

Iris está sentada ao lado de Fabio. Os dois parecem próximos. Ninguém sabe exatamente como está o relacionamento. Iris não contou nada, nem a Solène nem às outras. Parece sentir certo prazer em deixar a ambiguidade pairar. Percebe os olhares de desejo lançados para o jovem dançarino. Várias residentes se imaginam nos braços dele. Parece que Fabio ainda não escolheu. Mas não importa. Iris está ali, perto dele. Nos meses seguintes, ela vai se encantar por um professor de inglês que vai chegar ao Palais. Vai esquecer Fabio e a zumba. *É a vida.*

Bem na ponta da mesa, uma cadeira e um prato foram postos em homenagem a Cynthia. Para que ninguém se esquecesse dela.

Com a voz emocionada, Zohra, a velha faxineira, pede silêncio. Ela quis preparar um discurso, com a ajuda de Solène. Depois de quarenta anos de serviço, vai comemorar o último Natal no Palais. A hora de sua aposentadoria chegou. Há muitas coisas que ela gostaria de dizer às residentes e às outras funcionárias. Que elas foram sua família durante todos aqueles anos, suas irmãs, suas amigas, suas primas. Que elas lhe trouxeram muitos problemas, mas também muita alegria. Que se sente triste por deixá-las, mas feliz por finalmente poder descansar. Que vai voltar para tomar chá com elas, de tempos em tempos, no grande saguão.

No fim do jantar, Salma senta-se ao piano e toca uma música de festa. É a primeira vez que Solène ouve o instrumento. A música invade o salão, todas as salas, todos os cantinhos do Palais. Salma é talentosa. Ela aprendeu a tocar aos dez anos, quando chegou ali. Nos anos que passou entre aquelas paredes, teve muito tempo para praticar, confessa — apesar de o piano nem sempre estar afinado.

Ao ouvi-la, Solène diz a si mesma que aquela música do Palais é singular. É avassaladora, surpreendente, às vezes dissonante, mas sempre forte, intensa, viva. Léonard está ao seu lado. Parece ter esquecido a tristeza do fim de ano. Parece feliz em poder compartilhar aquele instante com ela. Ele tirou a fantasia de Papai Noel depois de distribuir os presentes às crianças. Solène viu o brilho nos olhos delas — Sumeya ganhou uma boneca, que veste enquanto come trufas de chocolate. Naquele instante, Solène olha nos olhos de Léonard. Ela nota seu sorriso pela primeira vez. Ele é bonito, pensa ela, surpresa. Tem o charme das almas feridas, dos que caíram e se reergueram.

Ela pensa então na frase de Michel Audiard, pintada em um muro perto dali: *"Felizes são os feridos, pois deixarão a luz passar."* A luz é intensa naquela noite e brilha, veemente, no Palais.

O jantar termina com um presente: o rocambole de Lily. Quando ela aparece, todos aplaudem. O doce está maravilhoso — e regala os palatos mais apurados. Seu professor do curso profissionalizante tinha razão. Lily tem talento.

Por enquanto, a moça ainda não mora oficialmente no abrigo. A lista de espera é longa. É preciso ser paciente. Para resolver o problema mais urgente, a diretora achou uma vaga para ela no ginásio, aberto para abrigar pessoas durante o inverno. Não tem luxo algum, mas já é alguma coisa. Lily não dorme mais ao relento. E não vai voltar para a rua. A diretora prometeu isso a ela. É um princípio do Exército de Salvação. Quando alguém segura sua mão, não a solta mais.

Como anjo, Solène ganhou forças. Ao lutar por Lily, ela percebeu que é surpreendentemente implacável — um verdadeiro tanque de guerra, disse Léonard, também surpreso. Sentiu que ganhava asas, que incorporava uma energia pouco habitual. Mas não sabe de onde vem aquela nova força. Será que do Palais? Da sombra de Cynthia que paira sobre ela? Talvez dos milhares de mulheres que encontram abrigo ali desde sua criação? Em alguns anos, o Palais vai completar seu primeiro século. Cem anos, nos quais nunca falhou em sua missão: oferecer um teto às mulheres que não têm um. Ele chegou a fraquejar algumas vezes, mas continua ali, como um farol em meio à noite, uma fortaleza, uma cidadela. Solène tem orgulho de fazer parte de sua história. Aquele lugar também a salvou. Ajudou-a a se reerguer. Hoje ela está bem. Não precisa mais de remédios. Sente-se útil, em paz. Em seu devido lugar, pela primeira vez na vida.

Algumas semanas depois da festa, ela recebe uma ligação da diretora. Uma das tias finalmente conseguiu o apartamento que esperava. Uma quitinete vagou. Lily afinal vai poder entrar oficialmente no Palais. Solène fica emocionada. Explode de alegria e avisa Lily. Insiste em acompanhá-la.

Alguns dias depois, elas se encontram na escada do Palais. Juntas, passam pela porta de entrada e andam até a recepção, onde Salma as espera, atrás do balcão de fórmica. Ela entrega a Lily o cartão magnético que dá acesso ao quarto e uma chave para a caixa de correio. Lily fica muito tempo contemplando aquele pedacinho de metal. Ter uma chave é algo importante. É ter uma vida.

Junto com a diretora, elas sobem a grande escadaria que leva aos outros andares. No caminho, cumprimentam Cvetana, que não responde. Encontram a Renascida com suas sacolas, Viviane, muito bem-vestida, de agulhas na mão, e Iris compondo um poema para o professor de inglês. Passam pelo corredor das tias, pela quitinete de Binta,

Sumeya e de outras, passam em silêncio diante do antigo quarto de Cynthia e, por fim, param diante de uma porta.

Há uma placa afixada ali.

Abaixo dela, há um nome. De uma desconhecida. Blanche Peyron.

Mais tarde, Solène fará pesquisas e descobrirá a história daquela mulher cujo nome a história apagou. Uma mulher que lutou, quase cem anos antes, para que outras mulheres tivessem um teto. Solène então sentirá uma estranha energia percorrer seu corpo. Vai dizer a si mesma que está na hora de começar a trabalhar, de finalmente escrever aquele romance. Vai contar a vida de Blanche, sua obra e sua luta. Inspiração não vai lhe faltar. As palavras virão sozinhas para a sua rede de borboletas.

Lily faz vinte anos hoje. Das mulheres do Palais, foi a última a chegar. Achou um teto, um refúgio, um abrigo. Parou de vagar pelo mundo.

Agora sua vida pode começar.

*Chegou a minha hora de ir,
em silêncio, na ponta dos pés, fugir.
Não levo nada para onde vou.
Daqui, nada levo em meu coração.
Nada criei, nada construí com minhas mãos.
Nada produzi, nenhum filho gerei.
Não deixarei nenhum vestígio no mundo.
Terei sido só uma chama que durou apenas um segundo.*

*Minha vida está aqui, uma bênção,
Nas poucas palavras desta última oração.*

*Vocês que sobreviverão a mim,
continuem a lutar,
continuem a dançar,
E não se esqueçam de doar.
Doem seu tempo, doem seu dinheiro,
Doem o que vocês tiverem,
Doem o que vocês não tiverem.*

Não levarão nada lá para cima,
Não mais do que eu.
Quando a hora tiver chegado,
Vocês seguirão para um céu desconhecido,
E sentirão a verdadeira liberdade,
Pois eu digo, em verdade:
Tudo que não é doado é perdido.

Irmã anônima,
Convento das Filhas da Santa Cruz.
Século XIX.

A autora gostaria de agradecer calorosamente a todos que tornaram a escrita deste romance possível:

No Palais de la Femme: a Sophie Chevillotte e toda a sua equipe, especialmente Stéphanie Caron de Fromentelle, Émilie Proffit e Jérôme Potin, representante da Defensoria Pública, e a todas as residentes.

No Exército de Salvação: a Samuel Coppens e Marc Muller.

Um muito obrigada a Juliette Joste, Olivier Nora e a toda a equipe da editora Grasset pelo apoio.

Obrigada também a Sarah Kaminsky, TuongVi, Georges Sarfati e Damien Couet-Lannes.

E a Oudy, sempre.

- intrinseca.com.br
- @intrinseca
- editoraintrinseca
- @intrinseca
- @editoraintrinseca
- editoraintrinseca

1ª edição	SETEMBRO DE 2022
impressão	BARTIRA
papel de miolo	POLEN NATURAL 80G/M²
papel de capa	CARTÃO SUPREMO ALTA ALVIRA 250G/M²
tipografia	ADOBE GARAMOND PRO